尾崎翠の感覚世界

《附》尾崎翠作品
「第七官界彷徨」他二篇

加藤幸子

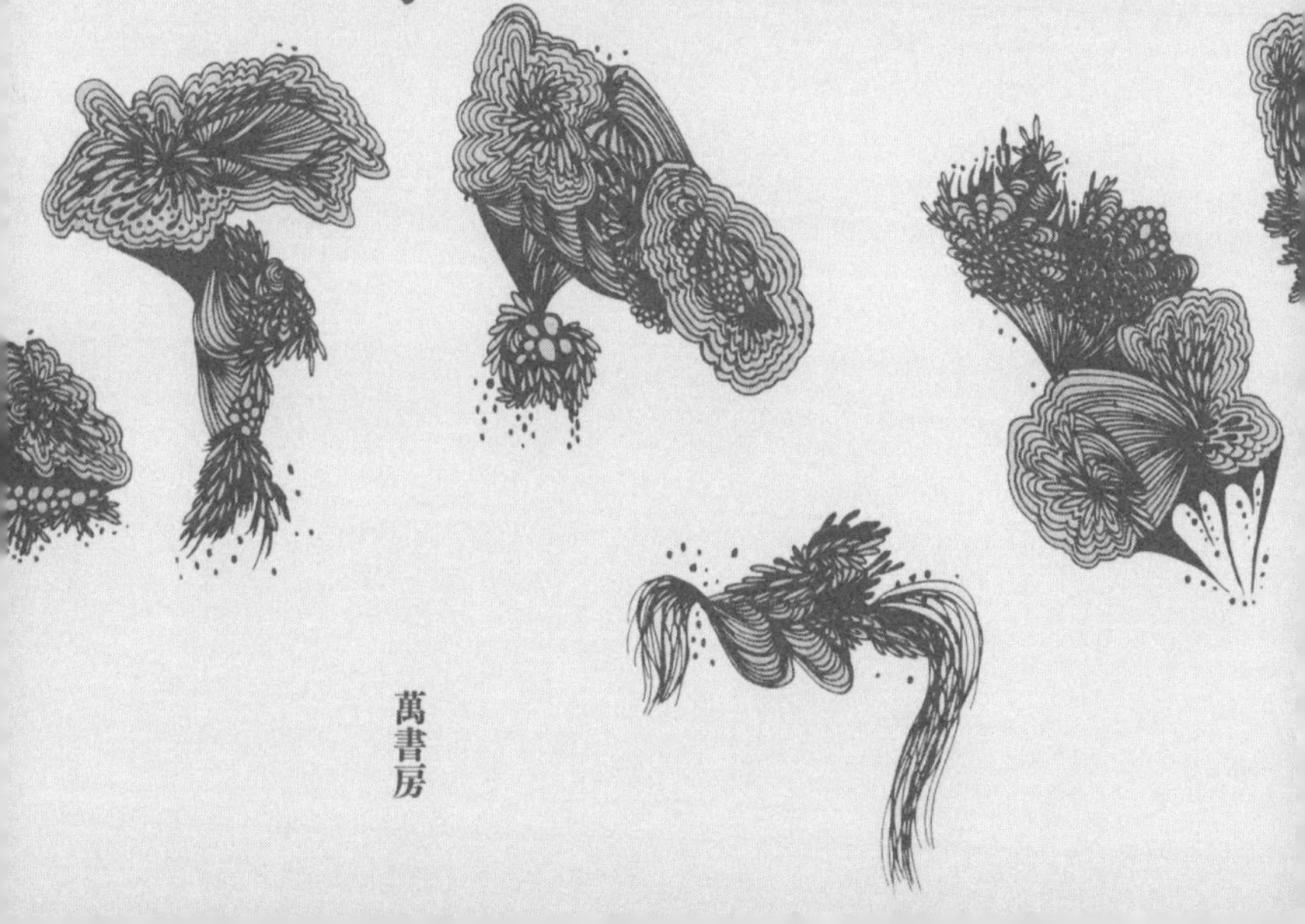

萬書房

尾崎翠の感覚世界

／《附》尾崎翠作品「第七官界彷徨」他二篇

目次

装画：福重明子

凡例

一、本書に収録した作品の底本は、それぞれ次に挙げるとおりである。

「尾崎翠の感覚世界」　『尾崎翠の感覚世界』創樹社、一九九〇年

「あとがき——翠の原石」　『尾崎翠の感覚世界』創樹社、一九九〇年

「第七官界彷徨」　『尾崎翠全集』創樹社、一九七九年

「歩行」　『尾崎翠全集』創樹社、一九七九年

「地下室アントンの一夜」　『尾崎翠全集』創樹社、一九七九年

一、尾崎翠作品（「第七官界彷徨」「歩行」「地下室アントンの一夜」）の校訂に当たって、漢字、用字、仮名遣い、送り仮名等は原則、底本どおりを基本とし、読みにくい語等には適宜振り仮名を付した。また、明らかな誤記、誤植については、既刊の諸本と校合のうえ、適宜訂正した。

尾崎翠の感覚世界

一——見えない関係

ある年のある日、ある街の古本屋の棚で、まだ真新しい一冊の本を見つけた。箱は銀箔をはりつけたように輝き、ショッキングピンクの帯には変体文字で薔薇十字社と書いてあった。私は吸いつけられるように指を伸ばし、その挑発的な本を引きずりおろした。

『アップルパイの午後』尾崎翠作品集。

何だか気障っぽい題、と私は思った。本の題にも作者の名にも心当りはなかった。きっと若い作家の気負いに満ちた作品集なのだろう。私はそのときすでに全然若くはなかったし、身辺に細々としているが消耗の激しい問題を幾つも抱えこんでいた。しかし泥くさい日常は、かえって私を澄んだ泉を探す方向に押しやり、こういう古本漁りはその手段の一つであった。

箱をはずすと、目がさめるようなレモン色をした本体が現われた。私は適当にページを開いて、ちょっと拾い読みをした。涼しい風のごときものが、体を走りぬけていった。すぐにその本と私のあいだに、とてつもなく強い磁石の力が働いているのを感じた。どちらが正で、どちらが負かといえば、もちろん尾崎翠作品集がプラスで、マイナスの私に立ち向ってきたのだ。

ほんの一ページ足らずを読んだあとで、作者と読者の関係が築かれてしまうという体験は、本好きにかけては引けを取らない私でも稀有である。関係の始まりにおいては、それはもっぱら読む側の問題だ。一冊の本を目の前にして、手を出すか出さぬかでそれは始まり、次いで〝風のごときもの〟が走りぬけるかぬけないか、である。その段階では、関係はまだ不安定要素に満ちている。私と古本屋で出会ったばかりの尾崎翠作品集も、そのとおりであった。しかも当時の私は、私自身に対してはなはだしい懐疑を抱いていた。〝風のごときもの〟や〝磁石の力〟ではどうにもならない堅固な懐疑であった。

先に、尾崎翠に初めて遭遇した時と場所を、〝ある年のある日、ある街の古本屋〟と書いたのは、べつに文学的修辞ではなくて、本当に忘れてしまったのだ。昔から健忘症の気味があり、記憶する必要性がないかぎりどんどん忘れてゆく。

でも逆推理すれば〝ある年〟は少なくとも一九七二年以前ではない。薔薇十字社の『アップルパイの午後』は、一九七一年十一月に刊行されている。年の暮れは一家の主婦には何かと雑用が多い時期だから、古本屋漁りは年内には行われなかっただろう。私は、家族たちと東京都区内に住んでいた。十年近くブランクにしていた職場復帰への手蔓を虚しく探しながら、十数年ぶりに小説をポツンと書いて、会員制の雑誌に載せてもらった。たぶんその前後のことだっただろう。また〝ある街〟とは住居に近い大森商店街だろうと思う。私の家からバスで十五分ほどの大森は埋立地でもう何十年も海から遠ざけられているのに、海産物問屋の多い、潮の香がときどき漂ってくるような街である。そこに区別ができないほどよく似た店構えの古本屋が、数軒あった。こちらは詩集と戯曲が得意、あちらは専門書が得意、などの違いはあっても、どの店も客が一人本棚のあいだに立つと、他の客が通りぬけるのに苦労する狭さであった。そしてどの店も電力をおしんで薄暗く、気のせいかカビ臭がする。大森にバスに乗って買い物に行くたびに、そういう店のいずれかにたち寄って、実際に本を買わなくても、背表紙を眺めて短い時を過ごすのを楽しみにしていた。尾崎翠の作品集に出会ったのはそのころにちがいない。『アップルパイの午後』のショッキングピンクの帯には、白ぬきで花田清輝氏の短い批評が載っていた。もしその場で氏の言葉を読まなかったら、私にその本を家に持ち帰る決心がつかなかったかもしれない。当時の家計は、無用の本を買いもとめるほど豊かではなかった。

「異常なまでにあかるい日のひかりにみちあふれたようなその小説のなかには、みごとに植物のたましいがキャッチされていたような気がします。とすると、その植物は、われわれの周囲ではめずらしい例ですが、二十世紀の植物だったのかもしれません。」

花田氏は、何という魅惑的な投網をゆきずりの私あてに投げかけたことだろう。未だに私は、尾崎翠の作品についてのこれ以上にぴったりした讃辞を思いつくことはできない。

こうして私はその本を買い求め、家に戻ってまず『歩行』という短編を読んだ。「夕方、私が屋根部屋を出てひとり歩いてゐたのは、まつたく幸田当八氏のおもかげを忘れるためであつた。空には雲。野には夕方の風が吹いてゐた」というリズミカルな冒頭の部分からたちまち引きこまれ、そのとき以来私は尾崎翠の熱烈なファンになった。自分が長いあいだ古本漁りをしていたのは、彼女に出会うためだったと、本末転倒なことを考えた。

『歩行』は、秋の野面を歩きまわる少女と歩きたがらない詩人の物語である。特別に劇的な筋書が用意されるわけでもなく、ちょっと古風な片恋の八行詩で始まり、同じ詩で終る。それなのに読んでいるあいだじゅう、心が騒ぎ震えた。自分がこれまでに接した数千編の小説のどれよりも、清新なものを感じた。それは花田氏のいう「二十世紀の植物のたましい」にちがいなかったが、そんなことはどうでもよくなった。小説にしろ、人にしろ、私たちは全体が好きになるので、部分ではないだろう。

二番目に掲げられていた『地下室アントンの一夜』は、内容は『歩行』と完全に平行するけれど、表現方法はずっとシュールな作品だった。その三ページ目にさしかかったとき、私は突然自分がふたたび『歩行』の後半部を読んでいることに気がついた。わけがわからなくなり、大急ぎでまた元に戻ってみると、そこにも同一の文章がある。やっとそのとき、私はこの真新しいレモン色の本が、どうして場末の街の古本屋の棚に出ていたかを悟ったのである。この本は三十二ページ目から、いきなり十七ページへタイムスリップしていたのであった。尾崎翠ふうのレトリックを使えば、きっと「印刷機械がくたびれて、ウトウトしてしまった」のであろう。私は、新しい本屋で手に入れるよりも八枚分も厚い『アップルパイの午後』を手に入れたのだった。これもまたかなりシュールっぽい出来事ではあったが、幸いにして八枚少ないのではなく、八枚余計であることは、もちろん、読書に支障をきたさない。私は続いて次の作品に取りかかった。

『第七官界彷徨』という珍らしい題名の中編小説であった。これに似た類の作品を日本のものであれ、外国のものであれ、私は考えおよぶことはできなかった。この小説の主人公も、『歩行』の少女と同じ名を持つ赤毛のやせた娘であった。彼女は二人の兄と一人の従兄とともに、床の間にミニ大根畑や蘚（センではなくコケと読むべきであろう）の湿地のある借家に住んでいる。すでに二つの作品の感触に慣れていたので、私はまた苦もなくこやしの臭気漂うこの作品世界の住人となった。『第七官界彷徨』は、私に『歩行』を上まわる衝撃的悦びを与えてくれたのだが、私の受けた印象はほかの読者とはややちがっていたようだ。

たとえば私は当時同じ同人誌に参加していた友人に、ぜひ尾崎翠の小説のすばらしさを味わってもらいたいと思い、『アップルパイの午後』を貸した。しばらくたって、彼女は私に「読んだわよ。変わった小説ね」と言って本を返した。私は面くらい、少しいやな気がした。私はそれらの小説が、変わっているとは、全然、感じなかったからである。それらが変わっているとしたら、私も変わっていることになる。自分が意識していないだけに、他人から見れば始末に負えない変わり方かもしれないが。その後尾崎翠の作品が、しばしば〝特異〟とか〝ユニーク〟などの言葉で紹介されているのに気づいたが、私にとって彼女の作品世界は終始一貫未知のような感じはしていない。

レモン色の本に載っていた残りの三作は、前の三作に比べると、感動が薄くなった。本の表題になっている『アップルパイの午後』は、兄妹のいさかいを軸にした気のきいたコントのおもむき。『嗜好帳の二、三ページ』の過激な形容の羅列は、「二十世紀の植物のたましい」にしてはかえって手垢がついている。そして最後に収められていた『木犀』という掌編に、チャアリイ・チャップリンの名がふんだんに登場するに及んで、私はやっと気がついたのだった。

尾崎翠という作家は、私と同時代の人ではないのではないか……!?

私は傍に置いておいた空の箱を取りあげて、ピンクの帯の読みにくい白文字を追い、もう一度あっと思った。

「昭和初年、不思議な光彩を放ちながら文壇の路傍に狂い咲き、短時日のうちに忘れられた稀有の女流」(傍点著者)

裏側の花田清輝氏ばかりに気をとられて、表側の説明を見落としていたのだった。それでは彼女はとうに亡くなったのだ、と私は信じこんだ。でもいったいどこで、どういうふうに、彼女は生きていたのか。この本は、この点では実にそっけないつくり方をしていた。作者についての略歴も解説もなかった。私は発行所の所番地に並べてあった電話番号を回してみた。しかし何度ベルを鳴らしても、〝薔薇十字社〟は出てこなかった。その妖しい名の会社は、尾崎翠といっしょに異次元へ滑りおりてしまったようだった。

私は所有していた簡単な文学史年表をパラパラめくってみたが、もちろん尾崎翠という名は見当たらなかった。図書館に行って、もっとくわしい資料を調べたが、そこにも印刷されていなかった。文学通の知りあいの何人かにたずねてみたが、皆「オサキミドリ? さあ」と首を横にふった。それでも私は探索をあきらめられなかった。作者への謎が深まるほどに、ますます彼女のことが知りたくなった。

『アップルパイの午後』は、私の書棚の中でももっとも好きな本の一群のあいだに並べられた。本たちは折り折りの私の気分に合わせて、書棚から取りだされ、ひろげられる。銀色の放射線を放つそれは、もっともひんぱんに取りだされる本であった。気持が打ち沈むたびに私は『歩行』を『第七官界彷徨』を読んだ。そしてそのたびに、しおれかけた植物のような私は、またしゃんと頭を立て直したのである。ほんとうに私は変わっているというべきなのだ。もの静かな少女の独り言や、湿めっぽいコケの世界から、元気の素を抽出するなんて……。

私は他人に尾崎翠を押しつけるのはよそう、と思った。彼女の作品を読むたびに生じてくる〝快さ〟は、十数年前の文学少女時代に接したカミュの『異邦人』や大江健三郎の『死者の奢り』『芽むしり仔撃ち』などの新しい文学がもたらした高揚した感情とは異質であった。『歩行』にしても『第七官界彷徨』にしても、それはすでに知っているという気がしてならなかった。はっきり特定はできないけれど、私もまたしばしば重箱やおたまじゃくしの罐をさげてこの風景らしい空間を歩いていたのである。しかも夜も昼もないこの風景には、ただ「あかるい日のひかり」がみなぎっていて、しおれた私を立ち直らせるのに役だつのであった。

薔薇十字社の『アップルパイの午後』によって、新人尾崎翠は格別有名にはならなかった。これは私には好都合だった。私は心ゆくまで好きな作品を所有する満足に浸ることができた。しかし同時に、彼女の作品に対する自分の評価が独断的であるという可能性も認めねばならなかった。それから長くこの二律背反の状態のまま私はうろうろと過ごしていた。尾崎翠とはどういう作家だろう、という疑問はたえずあったが、生活上の問題から急に多忙になり、『アップルパイの午後』は本棚の中でうっすらと埃をかぶっていた。

古本屋で尾崎翠に出会ってから七年目の一九七九年に、『イデイン』という小雑誌が過去に尾崎翠特集号を出していることを突きとめた。私は手をつくしてやっと部数の限られた雑誌のその号を入手し、尾崎翠の隠れファンが意外にもあちこちにいることを知らされた。同時に彼女が明治生まれの私の祖母とほぼ同時代の作家であること、一九三〇年代半ばで、文学的活動を打ちきりながら、一九七一年までも生き永らえたということもわかった。私が大森で『アップルパイの午後』を手にとった前年であった。尾崎翠にはもちろんこの本の出版の話は伝えられていたことだろう。病床でどんなに出来上りを楽しみに待っていたかが、想像にあまりあった。彼女に代ってくやし涙を流したくなった。ほんのあと数カ月耐えてくれればよかったのに。あの銀色の放射線を放つ箱から、レモン色の自分の本を引きだして、彼女がつぶやくユーモアの言葉を聞きたかった。たとえば「おや、これは『天国への階段』から届いたものらしいねえ」などなど。

それから数年後、私は思いがけず小説を業として暮らすことになった。『アップルパイの午後』の銀箔は、手ずれで剝げちょろけになっているが、まだ本棚の中でほそぼそと燐光を放っている。その隣りに五七六ページもあるぶ厚い『尾崎翠全集』（創樹社）が並んでいる。こちらは淡黄の地に小花や海の生物があしらわれているあっさりしたデザインの箱である。ワインカラーの帯に「〈迷宮〉と〈幻想〉の天才的女流作家の全貌」というフレーズが刻まれている。私が『イデイン』の特集号を手に入れたその年（一九七九年）に刊行されたのだ。

全集によって、尾崎翠は現代によみがえったように思われる。彼女の作品をめぐる刺激的な評論の幾つかを私は読んだし、彼女を十分に意識している目下活動中の作家も知っている。数年前、自由劇場で上演された『第七官界彷徨』は、原作の雰囲気を忠実に生かした好感のもてる舞台であった。メジャーにはなりがたいが、〝特異〟であるがゆえの評価を獲得しつつあるようだ。

「戦後、社会化された末に拡散し、核を失ったかに見える文学の対極に、尾崎翠の文学は位置する。饒舌、喧騒、繁栄のうちに異常肥大した今日の『文学』にたいする批判として、この静寂と孤独の作家を、いま、われわれの内部に甦らせねばならないだろう。」（山田稔『静寂の力』）

「尾崎翠が自らの文学の構築に向けて辿った歩みと、その完成の高みにおいて示し得たものを、そっくり日本の近代の文学から除けば、他のものによっては補い難いブランクを文学史にのこすことになる。」（稲垣真美『尾崎翠全集解説』）

尾崎翠の小説が、現代文学に欠けているものを表現していることは確かである。しかしそれを具体的に指摘することはとてもむずかしい。とりわけ彼女の作品が好きで好きでたまらない者にとっては、それを言葉に表わす必要性がどこにあろうか。（今のところ彼女の作品なり生涯なりは、主にこういう人たちによって紹介されている。）さらに『歩行』や『第七官界彷徨』が、現代小説のブランクをなぜ埋めることができるのか。それをはっきりさせるためには、現代の小説の多くに何が欠けているかを、まずはっきりさせなければならないから、これは大変な問題である。

ある晩、奇妙な体験をした。

知人の出版記念会の帰りで、時刻はかなり遅かった。住宅地の道路は街灯で明るかったけれど、路上には私一人の影しか映っていなかった。自宅附近は高台で、夜空を仰ぐにはふさわしい。オリオン星座や冬の大三角形がいつものように輝いていたが、私は『歩行』の小野町子の祖母のいうところの「ふさぎの虫に憑かれている」状態だった。頭の中に灰色のゴミがつまっている。書きかけの三番目の小説が一足も先に進まなくなってから、長いときが経過していた。惨めさのあまり、作家であることを止めたらどんなに楽しかろう、と空想ばかりしていた。この苦しさから逃れるためなら、何だってしよう、と真剣に思った。行手に、道から見れば谷間に位置するG出版社のビルが黒々とせりあがってきた。これは当り前のことだが、まったく突然に、当り前ではない声が聞こえた。

「わかったかい?」と。

ため息のように低く、明瞭で、何ともいえぬ優しみのこもった複数の声だった。もっと奇妙なことに、聞いた瞬間私にはたちまち〝わかった〟。声の主は昭和二十年代に縊死した劇作家加藤道夫と、そして彼女尾崎翠であった。彼がなぜあんなことをし、彼女がなぜそんなことをしたのか、私には〝わかった〟のである。私は自分が追いつめられた場所から、軽い羽のように脱けだしていくのを感じた。もちろん死んだ人々の声が星空から降ってきたり、コンクリートの下からわきあがってくるわけがない。しかも幻聴の二重唱なんて、滑稽ですらある。たぶん私は潜在意識を使って、自らを救ったのである。数年後、私は劇作家が登場する作品を書いたし、今、尾崎翠について、何事か書こうと努力している。

正直にいうと、翠の伝記や翠の小説の文学史的価値にはそれほどの興味はないのである。人間の社会の価値観の移ろいやすさは、一九四五年八月十五日に小学校三年生だった私の体に刻みつけられてしまった。私はただ十七年も前から、飽きずに結びつづけた『歩行』や『第七官界彷徨』と私との見えない関係を、顕在化しようという欲求に捕らわれている。それは尾崎翠が、作品として表現した〝特異〟といわれる感覚世界を探ることである。微妙にして堅固なその世界の普遍化を試みることである。もっと言い換えるならば、尾崎翠の文学はこれまでのように特殊なコレスポンデンスを感じる愛読者との絆で支えられてゆくのか、あるいは彼女も含めて私たちすべてを取りまく世界に、新しい認識をひらいた者ならば、そのみずみずしい泉の水を汲み味わうことができるのか、確かめることである。そのためには、実証的な手順を幾つか踏まなければならないだろう。普遍と内在水面の境に張られた薄氷を、静かに剥がすスリルを味わいながら、この文を書きはじめた。

二――翠と同世代の果敢な作家たち

尾崎翠は一八九六年鳥取に生まれ、一九七一年に七十五歳で故郷の鳥取で亡くなった。彼女と同世代の同性作家には、同年生まれの吉屋信子（一八九六―一九七三年）、林芙美子（一九〇三―一九五一年）、宮本百合子（一八九九―一九五一年）、野上弥生子（一八八五―一九八五年）、野溝七生子（一八九七―一九八七年）がいて、それぞれ果敢な人生を送り、個性ゆたかな作品を私たちに残してくれた。彼女たちのうち吉屋信子は、翠が十代の終りから二十代にかけて投稿していた『文章世界』という雑誌のやはり常連であったし、上京した翠の下宿の近所に住んでいたこともあった。宮本百合子は日本女子大で翠の上級生であった。だから互いに名や顔を知っていたと思うのだが、近づいていた様子はない。ある時期、尾崎翠とほんとうに親しく交わっていたのは、林芙美子だったらしいのである。

〝オフミとミドリ〟。これはまことに意外性に満ちた取り合わせではなかろうか。

「砂浜の汚い藻の上をふんで歩いていると、男も犬のように何時《いつ》までも沈黙《だま》って私について来た。『おくってなんかくれなくったっていいんですよ。そんな目先だけの優しさなんてよして下さい』町の入口で男と別れると、体中を冷たい風が吹き荒れるような気がした。会ったらあれも云おう、これも云おうと思っていた気持ちが、もろく叩きこわされている。東京で描いていたイメージが愚にもつかなかったと思えて、私はシャンと首をあげると、灰色に蜿蜿《えんえん》と続いた山壁を見上げた。」

（『放浪記』第二部）

と、

「三五郎は机に腰をかけ、しばらくかち栗をながめてゐた。彼はなにかいひかかつてすぐよした。私がふたたび泪を拭いたためであつた。三五郎はかち栗をはづして私の頸にかけ、ふたたび机にかけ、そして幾たびか鋭い鼻息をだした。これは三五郎が二助の部屋で吸つた臭気を払ふための浄化作用のやうであつたが、耳のうへでこの物音をきいてるうちに私はだんだん悲しみから遠のいてゆく心地であつた。三五郎は私の胸で栗の糸を切り、かち栗を一粒ぬきとり、音をたてて皮をむき、また一粒をたべ、そしていつまでもかち栗をたべてゐた。」（『第七官界彷徨』）

双方とも、失意の痛手から回復していく描写だが、オフミとミドリの感覚はこれほどにちがうのである。林芙美子の描写が求心的であるとすれば、尾崎翠のそれは遠心的である。

小説のテーマや内容は、必ずしもつねに作者自身を表わしてはいない。しかし文体は作者の体質に根差しており、いくら努力しても一八〇度の転換はむずかしい。せいぜいがんばって四五度ぐらいであろう。文体は作者からにじみ出てくる匂いのようなものである。薄い人も濃い人もいるであろう。そして文体にそわない作品を私は読んだことがないので、作品を決定するのは、ほとんど文体なのだろう、と思っている。

林芙美子の文体は、率直で人なつこく、欲望のはげしい彼女自身である。すぐ裸の自分を見せるけれども、相手も裸にせねば気がすまない。彼女の強い意志は、たとい失恋の最中でも「シャンと首をあげ」させる。

尾崎翠のそれは、自己も含めてあらゆるものに公平な描写である。主人公の少女も、少女がしたう従兄も、彼のはき出す鼻息も、かち栗でさえも、平等の価値を与えられ淡々と語られる。その結果「私はだんだん悲しみから遠のいてゆく心地」になるのである。自分が裸になって相手に迫るという光景は、けっして起こらない。

誤解されると困るので附記すれば、私はここで林芙美子と尾崎翠の小説に優劣をつけたいわけではない。私の気持は圧倒的に翠の作品に傾くけれど、それは個人の好みだろう。芙美子の作品を読んだのは昔だしそれほど多く手にしてはいないのだが、中では『風琴と魚の町』が好きだった。女の子が栈橋でながーいオシッコをしながら股のぞきをすると、空と船が逆さに映っている。美しいシーンだったので今も鮮やかに覚えている。

〝オフミとミドリ〟の感覚世界のちがいは歴然としている。それなのに二人のあいだには、純粋の友情関係が成りたった。「私は野原へはふり出された赤いマリだ！　力強く風が吹けば、大空高く鷲の如く飛び上る。おゝ風よ叩け！」（詩集『蒼馬を見たり』）。赤いマリの芙美子は、風に吹かれてポンポンポンと尾崎翠の腕の中に飛びこんできたのだろう。そう『浮雲』VS.『第七官界彷徨』ではなくて、この世に袖触れあった人と人との、凸と凹とのぴったりとした関係としてなら、〝オフミとミドリ〟も私には素直に納得できる。

林芙美子の『落合町山川記』には、尾崎翠のことが、親しみをこめて随所に書かれている。

「此堰の見える落合の窪地に越して来たのは、尾崎翠さんといふ非常にいゝ小説を書く女友達が、『ずつと前、私の居た家が空いてゐるから来ませんか』と此様に誘つてくれた事に原因してゐた。前の、妙法寺のやうに荒れ果てた感じではなく、木口のいゝ家で、近所が大変にぎやかであつた。二階の障子を開けると、川添ひに合歓の花が咲いてゐて川の水が遠くまで見えた。」

「まづ引越しをして来ると、庭の雑草をむしり、垣根をとり払つて鳳仙花や雁来紅などを植ゑた。

庭が川でつきてしまふところに大きな榎があるので、その下が薄い日蔭になり仲々趣があつた。私は障子を張るのが下手なので、十六枚の障子を全部尾崎女史にまかせてしまつて、私は大きな声で、自分の作品を尾崎女史に読んで聞いて貰つたのを覚えてゐる。尾崎さんは鳥取の産で、海国的な寂しい声を出す人であつた。私より十年もの先輩で、三輪の家から目と鼻のところに、草原の見える二階を借りてつゝましく一人で住んでゐた。この尾崎女史は、誰よりも早く私の書くものを愛してくれて、私の詩などを時々暗誦してくれては、心を熱くしてくれたものであつた。」

　長年放浪生活を続け、様々の人間のあいだを渡りあるいた芙美子は、翠に出会ってすばやく彼女が甘えられる人柄であることを、見ぬいたであろう。そして翠には、たしかにそういう気《き》っ風《ぷ》のよさ、おおらかさが備わっていたにちがいない、と彼女の伝記やエピソードを読んで私は感じる。翠の作品は少女小説ふうの、哀しげなトーンでおおわれているが、けっしてべたべたしていない。繊細な感覚を駆使しているが、なよなよとしたところはなく、さっぱりしてユーモアにあふれている。文体は人を表現するのだ。

　尾崎翠の紹介で移り住んだこの落合の家で、芙美子は『放浪記』出版の通知を受けとり、たちまち売れっ子作家になった。人柄のよい翠は、きっと友の成功を心から喜んだことだろう。でも同時に、ふつうの人間であれば感じないはずがない無力感にも襲われたであろう。私が家の近くの夜道で感じた無力感は、彼女の気持の十分の一にも足りないであろう。翠はちょうどそのころ、『第七官界彷徨』に取りかかっていたのである。ふたたび芙美子の『落合町山川記』に戻ると、

「庭にはダリアや、錯甲や、カヽリアなどの盛りで、榎はよく繁つて深い影をつくつてゐた。その頃、尾崎さんもケンザイで鳥取から上京して来てゐた。相変らず草原の見える二階部屋で、私が欧州へ旅立つて行く時のまゝな部屋の構図で、机は机、鏡台は鏡台と云ふ風に、ちつとも位置をかへないで畳があかくやけついてゐた。障子にぴつちりつけて机があつた。その机の上には障子に風呂敷が鋲で止めてあつた。此動かない構図の中で、尾崎さんはコツコツ小説を書いてゐたのに、私はうつり気なのか支那へ行つてみたり、欧州へ行つてみたり、そして部屋の模様をかへてみたりした。十畳位の部屋に小さな机が一ツに硯箱のいゝのでもあつたらと云ふのが理想なのだが、三輪の家は物置きのやうにせまくて、一寸油断してゐるとすぐ散らかつて困つた。——私は欧州から帰つて来ると、すぐまた戸隠山へ出掛けた。山で一ケ月を暮らして帰つて来ると、尾崎さんは軀を悪くして困つてゐた。ミグレニンの小さい罎を二日であけてしまふので、その作用なのか、夜になるとトンボが沢山飛んで行つてゐるやうだと云つたり、雁が家の中へ這入つて来るようだと、夜更けまで淋しがつて私を離さなかつた。

眼の下の草原には随分草がほうけてよく虫が鳴いた。『随分虫が鳴くわねえ』と云ふと、『貴女も

少し頭が変よ、あれはラヂオよ』と云つたりした。私も空を見てゐると本当にトンボが飛んで来さうに思へた。風が吹くと本当に雁が部屋の中に這入つて来さうに思へた。ヴエランダに愉しみに植えてゐた幾本かの朝顔の蔓もきり取つてしまつてあつた。」

芙美子が翠の幻覚を共有してしまうほど、彼女の精神状態に引きこまれていく様子がよくわかる。女同士の友人のあいだでは、ときどきこういうことが起こる。同じ食物が好きになったり、きらいになったり、初めはずれていた生理の時期が一致してきたりする。男同士の友情間ではこんな話は聞いたことがない。

しかしまもなく尾崎翠は、海軍中佐の長兄によって鳥取に連れもどされる。翠を失った芙美子には、翠の世界を共有する機会は二度と来なかった。芙美子は男と女のエゴイズムを、生ま生ましい熱気であばきだす道を突き進む。でもその道すがら、ふっと彼女は思いだしたのではないだろうか。彼女一人の力では、ぜったいに獲得できなかった、あのえもいわれぬ涼しく微妙な感覚世界のことを。

「鳥取へ帰つた尾崎さんからは勉強しながら静養してゐると云ふ音信があつた。実にまれな才能を持つてゐるひとが、鳥取の海辺に引つこんで行つたのを私は淋しく考へるのである。

時々、かつて尾崎さんが二階借りしてゐた家の前を通るのだが、朽ちかけた、物干しのある部屋で、尾崎さんは私よりも古く落合に住んでゐて、桐や栗や桃などの風景に愛撫されながら、『第七官界彷徨』と云ふ実に素晴らしい小説を書いた。文壇と云ふものに孤独であり、遅筆で病身なので、此『第七官界彷徨』が実に素晴らしいものでありながら、地味に終つてしまつた。年配もかなりな方なので一方の損かも知れないが、此『第七官界彷徨』と云ふ作品には、どのやうな女流作家も及びもつかない巧者なものがあつた。私は落合川に架したみなかばしと云ふのを渡つて、私や尾崎さんの住んでゐた小区《まち》へ来ると、此地味な作家を憶ひ出すのだ。いゝ作品と云ふものは一度読めば恋よりも憶ひ出が苦しい。」

翠が鳥取に帰った数年後にも、芙美子は友だちを懐かしんで書いている。

「女の友達で忘れられないひとに、尾崎翠さんがありますが、鳥取の郷里に帰られて二三年になるけれども、もう一度上京されて、かつての『第七官界彷徨』のやうな小説を書いて貰ひたく、私は、芥川賞のカードを戴いてゐますが、こんなひとを芥川賞にしたらなぞ空想してゐます。いまではどんな仕事をなされてゐるのか消息がカイモク判りませんけれども、私にとつては得がたい友人のひとりでした。

（昭和十一年二月二十八日）」

なぜかほんの少しのやましさが、短い文の中ににじみ出ている。こういう場合は必ずそうなるように、〝オフミとミドリ〟の関係はこれで終る。林芙美子は彼女の目で見、耳で聞いた人間の姿や声が、現実そのものであることを疑わなかった。その点では彼女はかなりのオポチュニストである。子供時代からなめた放浪の生活がしむけたにせよ、いわゆる〝自分にだらしのない女〟を描くのが得意であった。

尾崎翠よりも一歳年下だが、最近まで大学教師として活躍した野溝七生子の作品には、このオポチュニズムはみじんも感じられない。彼女の小説を読むと、私は鋭利な刃物で切りつけられているような気がする。勝気で、一本気で、純粋な誇り高い美少女に。翠の作品はいつも私の心をときほぐし、慰める薬効があるが、七生子のそれは、私を狂気と美の世界に導く興奮剤となる。それなのにふしぎにも、実際に神経を病み、職業人として不適格だったのは翠のほうで、七生子のほうは世間的にも尊敬を受ける職につき、最後の期間をのぞけば社会にも順応していた。

野溝七生子の作品には、まちがいなく現代の新しい視点が呈示されている。

「精神の貴族とはこのような少女のためにとっておかれたことばであろう。女性であり未成年であることによって、少女は幸か不幸か、もろもろの社会的利害関係からはじめから解放された立場にある。このことのメリットははかり知れない。同年輩でも少年ならばどこかで囚われかねない義務観念や、立身出世、権力志向とかいったもろもろの上昇願望からも、少女は少女であるがゆえに自由であり、どこまでも純粋な観客の立場に徹することができるのである」と矢川澄子氏は、七生子の処女作『山梔《くちなし》』の主人公について書いている。

『山梔』という長編は、暴君《タイラント》としか呼びようのない父親の圧政下で苦しみつつ育ち、ついに家を出ていく少女の、いわば精神の〝放浪記〟である。また七年後に書かれた『女獣心理』では、成熟の年齢に達した元少女が、精神の純潔を守りとおすため愛人を殺し、狂死する。

「……愛さないではゐられないから愛するのです。愛したいから愛するの。本能の中にかうした状態があるのですもの。」

「なんて、この人は美しいんでせう。御覧なさいな。オリムピアの、アポロの不滅の像よりも、この人は美しい。どんなに私は、この人が欲しかつたでせう。この人つきり、初めからお終ひまで……。」

この作品は、日本伝統の慎ましい女の愛や献身、抑圧から生じる男女関係の異形の美とは無縁である。本能から発する凄まじい女の力を、七生子は肯定する。文体がクラシックな翻訳調であることが多少気になるけれど、青春時代にぞくぞくしながら読みふけった、海外のロマン主義小説を読む思いがする。しかも身近に存在した暴君たちを憎むばかりでなく、哀れむほど透徹した眼差を持つことで、彼女は暴君たちの勢力の及ばぬ次元に舞いあがった。野溝七生子は、無垢のエゴイストである。林芙美子と異なり、彼女には自己を律するものから解放するはっきりした意志があって、それが作品の中で激しい奔流としてほとばしっている。

また『女獣心理』が男の視点で書かれていることに、私は注目したい。尾崎翠にも処女作『無風帯から』を初めとして、〈僕〉を語り手とした作品が多い。同時期の書き手でありながら、没交渉であったらしいこの二人の女の作家、感性においても明らかに異質の翠と七生子は、なぜそろって男の目を借用したのだろう。二人の作品は結びめはどこにあるのだろう。

理由の一つは、明らかに私小説からの脱皮をねらった、言いかえるならば読者に主人公と作者が混同されることをきらったからであろう。語り手が男であれば、読者はこれがフィクションであることを、より多く納得する。もう一つは、書き手としては主人公と自分のあいだに客観性を当然もたせたい。しかも、男の目が女の行動を見守るときに生ずる不可解さが、女の側からは必然性そのものでなければならない。この二重性を破綻なく描くことが、女の作家の腕のふるいどころである。『女獣心理』では、それがラストで巧みに処理されているし、尾崎翠にあっては後で述べるように、性転換?がわりに容易に行われる素因があるような気がする。翠が『第七官界彷徨』や『歩行』で、一転、少女の視点をとったのは、彼女が手法上、男の視点によりかからなくても大丈夫という自信に達したのだと思われる。もう少し問題を単純化すれば、翠も七生子もたいへん論理的な作家であった。今もまだその後遺症なきにしもあらずだが、当時（昭和初期）の空気としては、論理的であることは男っぽい、と解釈されていたのではないだろうか。彼女たちには今の女の作家の考え及べぬ、苦労がいろいろあったであろう。

翠と七生子の作品には、ほかにも共通の特徴がある。彼女たちが書いていたのは、不況が深刻化し、日本がファシズムに滑りこんでいくただ中の時期だった。それなのに何とみごとに、作品から政治、社会の色合が抹消されていることか。彼女たちの目に、国家という組織はどう映っていたのだろう。二人が育った家には、偶然、共に大日本帝国軍人の標本のような身内がいて、彼らの軍人論理は早くから少女たちの人生に踏みこんだ。それがたとえ「可愛い妹」に対する「兄の役割」（川村湊『妹の恋』）であろうと、事実上の圧制として表われようと、もちろん彼女たちにとっては不当な干渉だが、その体験によって、実像と虚像を見ぬく目はとぎ澄まされたであろう。一億総出で右往左往した国家のもとで、その存在を書くに足らない〝幽霊〟とみなした作家は、男女にかかわらず稀少である。

翠も七生子も従来の日本の小説のパターンから、意識的に抜けでようと試みていた。彼女たちの作品の土壌は、明らかに海外の近代文学である。そしてこの傾向は、ドイツ文学専攻の野溝七生子のほうにより顕著であった。鶴見俊輔氏が評したとおり、七生子は「コスモポリタニズムの先行者」であった。しかし尾崎翠の作品には、ある種のローカル性が読みとれる。そのローカル性に、従来の日本文学を跳び超え、外国文学や当時の新興芸術派運動の影響が溶けこんでいる。彼女の文学は、ローカリティと脱祖国の絶妙なバランスで成立している。しかもローカリティは彼女の作品が完全に近代主義化することを封じる。おそらく尾崎翠のような小説を、彼女の前にも後にもだれも書くことはできない、と私が感じるのはこの理由による。

尾崎翠の作品は、このバランスが保たれている小宇宙である。読む者が、この小宇宙の発散する雰囲気になじんでしまえば、資格を問われずに入りこむことができる。翠の小説には、七生子のそれのような純潔さや矜持はほとんど見あたらない。彼女はコスモポリタンではなく、最初から無国籍なのである。ゆえにアントン・チェホフは作品の中で容易に彼女の〝小父さん〟になり、銀幕のチャアリイは〝恋人兼友人〟になる。

尾崎翠の作品に私が読みとるローカル性は、通常のことばで土臭いとか素朴という意味ではない。彼女の世界はむしろその対極にある。彼女が作品の中でいかにこやしの臭いをふりまこうと、私たちはそこから実際の田園風景を喚起したりはしない。さらに地方色という日本語に直せば、身もふたもなくなってしまう。うまく言い表わせなくてもどかしいのだが、彼女がかかえこんでいる体質

＝文体から発散する気分を指しているのである。それが彼女をして、その文体を選びとらせた、という気分である。そして翠の作品のローカル性は、彼女が日本の中心からはるかに遠い〝鳥取〟という国で、生まれ育たなかったら発現はしなかったであろう。野溝七生子の作品に、私はローカル性を読みとることはできない。七生子の故郷は、彼女の読書体験に基づく異邦の国々である。彼女は束縛しか与えなかった現実の家を、自国をさぞきらっていただろう。尾崎翠はそうではなかった、と私は思っている。翠は七生子のように自分や他人を激しく愛し、その分激しく憎むという性格ではなかったろう。彼女はまず感覚を鏡のようにみがきあげ、その鏡に映る世界を描いた。彼女の小説のもう一つの特徴はナルシシズムの気配がないことだ。

『第七官界彷徨』と『歩行』を書いたあと、翠は鎮痛剤の飲みすぎで、耳鳴りや幻覚症状がひどかった。同棲者の通報で、長兄が上京し、翠を強制的に鳥取に連れ戻したようである。「……十歳年下の男に〝妹をやる〟ことは彼女の兄たちにとって許容できることではなかったのだ。（中略）兄の役割は、妹を社会的に認められた交換価値として、婚姻の社会的システムの中に送り届けることなのであり……」と川村湊氏はこの出来事に、文化人類学的解釈を下している。そうかもしれない、と私も思う。六十年後の今だって、嫁に出すときには、双方の家に暗黙の了解があるのがふつうである。

しかしその時点では彼女は病気であった。十歳年下の生活能力のない同棲者が東京でどうしてやることもできない以上、肉親のいる鳥取で治療するのは自然の成行きであったろう。私のような尾崎翠のファンにとっても、残念無念の悲しいできごとではある。彼女がもし東京にとどまって治療ができたら、もっと多くの作品が産みだされていただろう。林芙美子ほど時流にはのらなかったとしても、彼女の文学的才能は着実に認められていただろう。翠の後半生が鳥取で埋められてしまったわけについては、研究者のだれもはっきりとは述べていない。肉親の抑圧があったとか、閉鎖的な社会が足を引っぱったとか、生活上の理由とかが漠然と考えられるだけだ。でも病気は短期間で治ってしまったらしいし、父親代りの長兄は翌年死去してしまう。町の閉鎖性がいやならむしろ飛びだすほうがましである。故郷にいようと、上京しようと貧乏は一つしかない。従って「彼女は文学的にも、実生活的にも、そうした世間的な『倫理』を、林芙美子のように踏み越えてゆくことはできなかった。小説家・尾崎翠の限界は、まさにその地点にあった」(川村湊『妹の恋』)という厳しい見方も出てくる。

いやちょっと違うような気がする、と私はここでは立ちどまってしまう。心を澄まし、可能なかぎり尾崎翠の身になって考えてみる。鳥取に帰ったのは一九三二年、満州国承認の年だ。やがて文壇動員令が出て、文学者も戦場に駆りだされる。東京の芙美子は、従軍記者として何回も中国や東南アジアに派遣されるが、たくましい彼女はちゃっかりとその体験と素材を生かして、のちに『浮雲』などの作品を書く。尾崎翠はかつての友の活躍を、苦笑しながら見ていたのではないだろうか。遠い異国にも似た鳥取で。翠の性格は、この時代のバカ騒ぎをつくづくうっとうしく感じたであろう。こういう状況では、東京に出ても自分の作風が通用するわけがないことを見とおしていたし、こういう面倒は最小にしたいものだ、と思ったかもしれないのである。彼女はむしろ世間の潮にそって流れるのを拒み、ひっそりと自分の内側にすばらしかった東京の記憶を包みこみながら暮したかった。鳥取にとどまったからこそ、それができたのである。

私の空想の尾崎翠ミニ評伝には、必ずしも嘘ではない証拠が幾つかある。尾崎翠が、心ならずも鳥取に住んでいたのではない、という証拠が。彼女の初期の小品には、鳥取の風物を題材にしたものが数あるが、とりわけ海を散文詩のように扱ったエッセイが目だつ。

「恁《か》うしてしづかな日にあけぼのの浜を歩んでゐると絶え切れない歓喜が胸に漲つてくる。」（『あさ』）「そして私の心も海の春に住むため、今朝のよろこびに満ちてゐる。」（『朝』）「やがてその道のつきようとするとき寂しい色に澄んだ冬のうみが見えました。浜に並んだ沢山の船の屋根にも雪のさゞめきは黄金に輝いてゐました。」（『雪のたより』）

そう、尾崎翠は海が大好きだったのだ。それも寂しく澄んだ、しかしどことなくあかるい日本海が。季節風の吹き荒れる冬の海ですら、彼女をたじろがせることはなかった。「冬にわかれて、移りゆく私の心は美しい動揺のうちに冬と親しんでゐた。沈黙のうちに何をかさゝやいた冬であつた。荒れ狂ふ波のひまにも何か私を育んでくれるやうになつかしさを持つた冬であつた。」（『冬にわかれて』）鳥取は日本海に面した海国である。

尾崎翠の作品は海洋的感性、それも〝寂しい〟と〝あかるい〟の背反をもった日本海の感性に根ざしている。開放的な海（自然）の後方には、閉鎖的な社会（人間）があり、翠の人生の大半はこの社会の規範に縛られる結果になったが、作風の乾燥した笑いは波と光と風がもたらした。彼女は東京にあっても、心はいつも海にひらいていた。花田清輝氏の書いた「異常なまでにあかるい日のひかり」とは、海面の乱反射かもしれないのである。

野溝七生子もまた海を描いた。しかし彼女の海は、華麗なる殺人にふさわしい〝太陽がいっぱい〟の太平洋岸である。激情の墓標は岩礁であり、不朽のレダが眠るのは、「深碧の底」でなければならなかった。無意味な背反は、七生子の作品からは排除される。

日本海の前方には大陸が横たわっている。海洋的感性は大陸的感性とも重なりあう。ひろびろとして、すべてが視野のうちで相対的である。飛行機の窓からシベリアのタイガを眺めおろせば、スギゴケ群落に見える。スギゴケの視座にたてば、机の上に針葉樹の大森林が広がる。大きいものは小さく、小さいものは大きくなりうるのだ。

海を愛した女の一人に、アメリカの海洋生物学者レイチェル・カーソンがいる。農薬の環境汚染をだれよりも早く告発し、著書『沈黙の春』は世界中でたえず読みつがれている。ひかえめでもの静かな女性だったという彼女は『沈黙の春』出版二年後にガンで死亡した。尾崎翠とは縁もゆかりもないけれど、思いだした機会に、『海辺』という本の一節を書き写してみる。

「夜の海で大量のケイ藻が発するかすかな光は、何を伝えようとしているのだろうか？　無数のフジツボがついている岩は真っ白になっているが、小さな生命が波に洗われながら、そこに存在する必要性はどこにあるだろうか？」

『海辺』は海辺の生態を記した科学書だから、翠の作品とは比べようがない。けれどどことなく、時代やジャンルを超えて、二人の感性はひびきあっている。彼女たちの目はひろびろとした海全体に向けられながら、ふつうの人がかえりみぬ微細なものも注意深く観察し、そこから物語を編みだしてゆく。

「私の哀愁をそそる一つの小さい風景を発見した。三五郎のかけてゐる椅子の脚からこやし用の土鍋のある地点にかけて、私の頭髪の切屑が、いまは茶色つぽい粉となつて散り、粉のうすれたところに液体のはいつた罎があり、粉のほとんどなくなった地点に炊事用の鍋があつた。」（『第七官界彷徨』）

ここまで筆を進めてきて、私が初めて気づいたことがある。

林芙美子、野溝七生子という作家たちの作品は、まさに女であるという点で果敢なのだった。芙美子の小説は女という生物の分泌液のように思われるし、七生子のそれは女に論理のナイフを持たせて、男を刺殺する。尾崎翠の場合はややタッチがちがう。彼女の作品はときどきふっと無性化する。それはXX（雌性）でありながら、XY（雄性）に近づきすぎてゼロになるという意味ではないのだ。表現型としての作品に純粋にXXだけではないもの、かといって、まるっきりXYでもないものが包含されている。彼女は私たちが口にする男、女の差を埋める別のものを表現したかったのだろう。そしてこのタッチは、表現型としての区別を失いつつある私たちの現在に触れあうものがある。もしかしたら尾崎翠は〝二十世紀の植物〟であるよりも、近代の常識をのり越えて、二十一世紀に実を結ぶべき植物かも……という予感がする。

三――第七官界への旅

野溝七生子の『女獣心理』というタイトルは、明らかに純潔な獣であったヒロインのためにつけられている。彼女が描きだしたかったのは、凡俗なるものの常識に反逆する野の獣のような娘のひたむきな心理であったろう。その意図に従い、七生子の筆づかいはうっとうしいほど濃密である。

尾崎翠の『第七官界彷徨』という硬いタイトルから、私たちは登場人物の性格を想像することはできない。この作品の話者であり主人公でもある小野町子は、かなりふざけた命名である。

「この姓名はたいへんな佳人を聯想させるやうにできてゐるので、真面目に考へるとき私はいつも私の姓名にけむつたい思ひをさせられた。この姓名から一人の痩せた赤毛の娘を想像する人はないであらう。」

同じように町子の兄の一助も二助も、従兄の三五郎も単なる記号である。翠は登場人物の個性的な心理を描くのが目的ではなかった。作品の完成後、『「第七官界彷徨」の構図その他』という短文の中で、尾崎翠はこう述べている。

「登場人物達の性格の色分けは問題とせず、むしろ彼等を一脈相通じた性情や性癖で包んでしまふことを望みました。彼等は結局性格に於ける同族者で、被害妄想に陥り易くて、いたつて押しの強くない人物どもです。」それでは彼女は何を書きたかったのであろう。「私はただ、正常心理を取扱つた文学にはもはや読者として飽きてゐますので、非正常心理の世界に踏み入つてみたいと希望しただけです。」さらに後のほうで、彼女は「フロイドのお世話になれさうな人物を集めてみたくなりました」と書いている。自分への答をすでに用意していたのだ。

けれど私は翠がここで、厳密な意味での正常と異常のことを指しているとは思えないのだ。『第七官界彷徨』を何度くり返して読んでも、精神科医らしき者は出てくるが、そのお世話になるほどの者は見あたらない。彼等がお世話になるべきであったら、私がまず「分裂心理病院」に駆けこむべきである。私はそう思い、この点ではいささか尾崎翠に不満を抱いていた。しかしあるとき、ふと気がついた。今風に表現すれば、「正常」は〈日常〉、「非正常」は〈非日常〉に相当するのではないだろうか。たとえばこういうふうに言い換えてみる。「私はただ、日常心理を取扱つた文学にはもはや読者として飽きてゐますので、非日常心理の世界に踏み入ってみたいと希望しただけです」と、これはまさに一九八〇年代の作家たちが、様々の形式で追いかけているテーマではないか。尾崎翠がこの小説を発表したのは一九三一年だ。彼女がいかに時代を先取りした作家であったかが、このことからも知れるだろう。

けれど私がこの文を綴っている理由は、過去十七年にわたって自分がなぜ尾崎翠に引かれているかを、突きとめることなのである。私は利己主義だから、いつも私自身が私に関わることを要求している。今回も例外ではない。作者としての彼女の意図と読者としての私の意図が、どこでどう交差し、絡みあうものか、作品にそって調べることが目的であった。

先の短文中にも、一つ発見があった。彼女が踏みこみたいのは、「非正常心理の世界」(傍点筆者)であって非正常な人物に対してではなかった。彼女は人物よりも世界に関心があったのだ。その世界を書くために、あえて非正常な人物を「集めてみたく」なった。

では始めよう。

第七官界彷徨

「よほど遠い過去のこと、秋から冬にかけての短い期間を、私は、変な家庭の一員としてすごした。そしてそのあひだに私はひとつの恋をしたやうである。」

冒頭の一行にはこの小説全体が集約されている。映画にはよく使われる手だ。「よほど遠い過去のこと……」とナレーションが入り、現在の画面がフェイドアウトして、過去の画面に切り替わっていく。注目に価するのは「ひとつの恋をしたやうである」という言い回しである。なぜ「ひとつの恋をした」ではないのか。「やうである」というもったいぶったふうに書かなければならないのか。尾崎翠は面白いレトリックをしばしば用いるけれど、この〝やう〟はもちろんレトリックではなくて不確実性を表わしている。〝恋〟とはどういう状態なのか、主人公の娘にはわかっていない。第七官界と同じように茫漠としている。娘は正直にそれを述べている。そしてまもなく読者が気がつくように、結構偉そうな言辞をろうする兄たちにだってわかっていないのだ。不明瞭なものに対しての一方的な断定は、注意深く回避している。人間の〝恋〟はその本質的不明瞭さにおいていつも〝恋のやうなもの〟かもしれないが、彼女の感性は、〝恋のやうなもの〟を〝恋〟と書くことを自らに許さなかったのではないだろうか。
「変な家庭」とは、「ひどく古びた平屋建」に住む二人の兄と妹である話者の「私」、それに従兄の三五郎である。長兄の一助は「分裂心理病院」に勤める「心理医者」で、次兄の二助は農学部の学生、三五郎は音楽予備校生である。「私」は研究に学業に多忙な彼らの「炊事係」として、祖母とともに住んでいた田舎から上京してきた。父母については一切触れられていない。「私」は、〝祖母の娘＝ババコン少女〟なのだ。彼女は三五郎に髪を短く切られたとき、「全身素裸にされたのと違はない気もちで」泣いてしまう。「おばあさんが泣く」と言って。「私はまことに祖母の心になつて泣いたのである。」尾崎翠はゆえなく父母不在の状況を設定したわけではなかろう。当時の親は、どんな親であるにせよ子にとっては権威であった。そしてその親たちの親は祖母だった。「私」のへその緒が直接祖母とつながっていることは、彼女が田舎で徹底的に庇護されていたことを意味するだろう。「私」が祖母のもとを離れ、男世帯に入ってきたのは、そのへその緒を切る時期に差しかかっていたからだろう。しかも「私」はさしたる理由もなく、予定より幾日か早く旅だったのである。
「私の旅立ちを早めたのは、漠然としたひとつの気分であつた。」（傍点筆者）
バードウォッチングを趣味とする筆者は、ここでふと渡り鳥のユリカモメのことを思った。日本では冬の鳥のユリカモメたちは、日照時間の長い時期にさしかかると、群れ全体がそわそわと落ちつかなくなり、小グループで、あるいはいっせいに繁殖地である北方に飛びたっていく。冬と同じ水辺で同じえさをとり、同じ色の空の下にいるのに、彼らもまた「漠然としたひとつの気分」に誘われて旅立つように見える(もちろん体内ではホルモン分泌などの様々の変化は起きているが)。これと同じように、「私」が男世帯に向って旅立ったのは、生じるべくして生じた気分なのだ。

男たちが兄であり、従兄であることは、未経験の〝女の子〟にも、その庇護者にも安心感を与えたであろう。本能が細部にまで組たてられていない人の子には、本物の行為の前に疑似行為による訓練が必要だ。祖母が愛する娘を思いきって彼らの「炊事係」として手放したのは、そのためだったろう。

けれど「私」にとってこの状況は、祖母にも男たちにも言えない、ほかの目的もあった。

「その家庭での表むきの使命はといへば、私が北むきの女中部屋の住者であつたとほり、私はこの家庭の炊事係であつたけれど、しかし私は人知れず次のやうな勉強の目的を抱いてゐた。私はひとつ、人間の第七官にひびくやうな詩を書いてやりませう。そして部厚なノオトが一冊たまつた時には、ああ、そのときには、細かい字でいつぱい詩の詰まつたこのノオトを書留小包につくり、誰かいちばん第七官の発達した先生のところに郵便で送らう。さうすれば先生は私の詩をみるだけで済むであらうし、私は私のちぢれ毛を先生の眼にさらさなくて済むであらう。（私は私の赤いちぢれ毛を人々にたいへん遠慮に思つてゐたのである）」「私」は実はただのババコンの泣き虫の少女ではなかったのである。素直で気がよく、男たちには使い易い性格の持主ではあったけれど、家庭の中のだれよりも大きな目的を抱いていた。「しかしこの目的は、私がただぼんやりとさう考へただけのことで、その上に私は、人間の第七官といふのがどんな形のものかすこしも知らなかつたのである。それで私が詩を書くのには、まづ第七官といふのの定義をみつけなければならない次第であつた。」

『第七官界彷徨』という小説の、これ以降の大部分は、「私」こと小野町子が「第七官にひびくやうな詩」を書くという行為に先だって、第七官界とは何かを知るための彷徨――秋から冬にかけての探求の旅に当てられている。探求する「私」の人物像は、科学者の卵である一助二助との血縁関係を連想させるが、同時に未経験の女の子らしく、従兄の三五郎にも引きつけられている。衝動的で小ずるいところもある、この家庭の中ではかなりいいかげんな人物の三五郎に、彼女は恋の対象としての異性を見ざるをえない。兄たちは妹に対して優しいが、実は上位に立ってふるまっている。川村湊氏が指摘するとおり「兄は妹を保護、愛憐し、そして〝嫁がせようとする〟。妹は兄に仕え、おさんどんとして働き、思慕する」図式が当てはまり、一助も二助も「私」に向って威信を損う感情は示したがらない。高尚な議論？は一助と二助のあいだでもっぱら行われ、「私」はそれを盗聴するだけだ。しかし三五郎は違っていた。彼は「受験生とは淋しいものだ。……こんな心もちは……小野町子だけが解つてくれるだらう」と手紙を書き、到着したばかりの従妹をつかまえて二助の煮るこやしの臭気のために音楽の勉強ができないなどと、男としての誇りなどどこへやら延々と愚痴をこぼすのだ。どちらが女の子にとって対等に感じられ、親しみやすいかはいうまでもない。「私」は詩人になりたいというひそかな願いを、三五郎にだけ打ちあけて喜びをともにする。

さて主人公小野町子が、旅の途上で最初にこれこそ第七官界ではないかとピンときたのは、兄一助の分裂心理に関する論文を読んだときである。

「こんな広々とした霧のかかつた心理界が第七官の世界といふものではないであらうか。それならば、私はもつともつと一助の勉強を勉強して、そして分裂心理学のやうにこみいつた、霧のかかつた詩を書かなければならないであらう。」

第七官界は「広々とした」「霧のかかつた」「こみいつた」感覚世界である。であるから、私たちがふだん使う言葉で表現することはむずかしい。「私」がはりきって書いている詩は、とかく「ありふれた恋の詩」にしかならないのだ。

男たちの眼には小娘＝女の子としか映らない「私」は、なかなかの観察者である。彼女はまもなく三五郎の「感じかたには、すべてのものごとにいくらかの誇張があつた」と見ぬいてしまう。

三五郎は夜は古ピアノを鳴らして音程練習をしたり、コミックオペラを歌ったりする。

「けれど三五郎のピアノは何と哀しい音をたてるのであらう。年とつたピアノは半音ばかりでできたやうな影のうすい歌をうたひ、丁度粘土のスタンドのあかりで詩をかいてゐる私の哀感をそそつた。そのとき二助の部屋からながれてくる淡いこやしの臭ひは、ピアノの哀しさをひとしほ哀しくした。そして音楽と臭気とは私に思はせた。第七官といふのは、二つ以上の感覚がかさなつてよびおこすこの哀感ではないか。そして私は哀感をこめた詩をかいたのである。」

においの感覚は、におい物質分子が嗅細胞を刺激し、電気信号として大脳に伝わっていき生じる。人間の脳は働きの上からみると、大脳辺縁系と新皮質系によって組立てられているが、大脳辺縁系は本能行動や情動行動を司る場所で、動物の基本的生命活動の推進に結びついている。新皮質系は人間にとくに発達してきた部分で、適応行動と創造行為を分担している。ふつう人間の感覚といえば、視覚、聴覚、味覚、触角、嗅覚の五官を指すけれど、初めの四官が新皮質系で処理されるのに、嗅覚は大脳辺縁系に送られて〝匂う〟〝臭う〟という感じをおこす。つまりにおいの感覚は、ほかの感覚にくらべてより原初的な感覚、動物としての人間の感覚なのだ。

『第七官界彷徨』はにおいでいっぱいの小説である。こやしの臭い、大根畠の臭い、蘚の湿地の臭気、香水のかおり、パイプの煙の匂い、ちぢれ毛を直す美髪料の匂い、焦げる匂い、二十日大根の匂い、鶏小舎の匂い、漢方薬の香気などなど。この作品が反自然的であり、表現に技巧をこらして咲かせた人工の花だと考えることは誤りである。そういう人は〝自然〟の意味をとり違えているのだ。自然は〝星〟や〝菫〟のことではない。ナチュラリストがいう自然は、人間も含めて生き物が種として本来的に適応している姿を指している。『第七官界彷徨』に漂うにおいは、けっして不快な悪臭ではなく、私たちの内側に眠りこんでいるものを目覚めさせる、なつかしいにおいたちである。たしかに翠には、表現主義にこだわった時期があって、自ら反自然主義を標榜したらしい。作家としての彼女の意識、好み、方法のいずれをとっても、当時の主流、自然主義文学の作風にのれるわけがない。そして自然主義文学は、もちろんナチュラリストの指す自然の意味からはほど遠い。

このとき二助の部屋から流れてきたのは「淡いこやしの臭ひ」であった。ライトは著書『匂いの科学』の中で、匂いは強さによって質的変化をおこす、と述べている。スカンクの出す悪臭を薄めると、香水のムスク成分に似てくる。まだだれ一人として同じ嗅覚の主はいない、嗅覚には個体差がある、とも述べている。私たちのまわりにもにおいに敏感な人も鈍い人もいる。現に筆者は自称

〃ガス漏れ探知機〃といっているくらいガスの臭いに敏感である。きっと尾崎翠も、人一倍嗅覚が発達していたのだろう、と妙なところで親しみを感じる。

においはまた、身体のコンディションによって違って感じられる。たきたての御飯のふだんならおいしそうな匂いが、二日酔いのときはむかむかしてがまんができない。このようににおいへの評価はたえず揺れ動き、不安定である。

嗅覚の差は、人間と他の動物のあいだではもっと著しい。イヌの嗅覚は、人間のそれに比べて千倍から百万倍も鋭い。そしてイヌのかげるにおいの領域には、私たちの感知できぬにおいも含まれていることだろう。これだけでも私たちは、つねに身近にいて同じ生活圏を共有するイヌの世界が、実は人間の世界とはおよそ異なったものだろうと、想像することができる。

M・バートンは『動物の第六感』という著書の中で次のように述べている。「過去五〇年までは、われわれの感覚の限界によって規定された世界のみが唯一の世界と思われていたが、今やわれわれの感覚世界の外側に、いくつもの感覚世界が存在することが知られている。」

三五郎のピアノは年とって、調子が狂っている。半音をたてたり、鍵盤を押しても音が出なかったりする。けれどももしかしたら、古いピアノは、私たちには聞きとれないかすかな音を出しているのかもしれない。鍵盤から出た音が、三五郎の聴覚の範囲外にあったのかもしれない。

人間の耳が音として捉えられる周波数は、ふつう十六ヘルツから二万ヘルツのあいだである。イヌには非常に弱い音も、人間には聞きとることのできない超音波も聞こえる。また抜群のリズム感を持っていて、メトロノームが毎分百回から九十六回になっても気づく。コウモリが暗闇をなぜ障害物にぶつからずに飛ぶことができるのか、ふしぎに思ったのはD・S・グリフィンだった。彼は一九三八年、実験の結果、コウモリは口から超音波を出して、その反響によって障害物やえさを探ることを知った。

三五郎のピアノは哀しい音をたてる。影のうすいピアノの歌で「私」がそそられた哀感は、辞書で引くとおりの〝ものがなしい感じ〟とは少し違う感じではないだろうか。尾崎翠もそう思ったらしい。彼女はそこに淡いこやしの臭いをミックスさせ「二つ以上の感覚がかさなつてよびおこすこの哀感」と続けて説明している。私たちが平生感じるところの哀感とは異質の感覚なのである。彼女はその理由を二つ以上の複合感覚による、と推理したのだ。「動物は見慣れぬ物体や新しい出来事に対して、すべての感覚を向ける」と、M・バートンは同書の中で書いている。私たちの五感はバラバラにではなく、同時に周囲の世界を認識しようと働くのである。

尾崎翠は本当にかいまみたのではないだろうか。私たちが聞く音、嗅ぐにおいで構成されている人間の世界のほかの、私たちには聞こえない、嗅ぐことのできない世界を。彼女のとびぬけた五官が、その存在をキャッチしたのだと私は思う。そして「第七官界」と彼女が名づけたその世界の感覚に、人間の言葉でいちばん近いのが「哀感」だったのではないだろうか。二十世紀の生物学者たちが、その世界の存在に注目しはじめた時期とほとんど平行して、彼女は落合の借家のぼろ畳の上で独自にこの「哀感」に気づき、書きつづっていた。尾崎翠は、たしかに早く生まれすぎた者たちの一人であった。

哀感に満ちたこの感覚世界を、彼女があえて「第七官界」と名づけたのは、明らかに〝第六感〟と呼ばれるものを意識して、それと区別したかったからであろう。第六感は一般に直感やインスピレーションなどを指すことが多く、そういう能力に恵まれている人も実際にいるのである。けれどこういう第六感は超能力ではないだろう、と筆者は思う。それこそ尾崎翠が指摘した複合感覚や過去の記憶が、一瞬にして働いた結果かもしれないと。自然科学者ではない筆者には、正確なことは何も言えないけれど、かつては不思議そのものとされていた動物の秘密が、次々に解きあかされたことは知っている。前述のM・バートンはこうも書いている。「現在問題となっているのは、五感以外にいったい、いくつの感覚があるのだろうかということなのである」（『動物の第六感』）

バートンはその例として、動物に固有な行動のリズムをつかさどる体内時計、何種類かの感覚の働きが結びあわされている定位感覚や、食物源への道を仲間に教えるミツバチのダンスや鳥の渡りの仕組みなどを同書で詳述しているのだが、真に第六感というべき感覚はムカシトカゲの「第三の眼」といわれる頭頂眼や哺乳類の脳の松果体にあるだろうとしている。松果体の役割はまだはっきり確かめられていないが、ホルモンを出し、体色の変化や性周期を決定している。ここで感じる刺激は、ほかの感覚器官のように明白ではなく、小さくて目に見えないので、生まれた瞬間から慣れてしまっているのだ、というのである。たとえば、コウモリの耳や鼻による超音波探知法や、毒へビなどの鼻先の赤外線感覚器による獲物探しや、ミズスマシの触角の根もとにある振動感覚器によるえさ探しも、この部類に入るかもしれないが、筆者はバートンの示すような五感以外のα覚が人間にも備わっているかどうか、知りたいと思う。通常の感覚域をふっと超える瞬間を、ときどき体験することはあるのだが、それはいったい何だろう。五感の凝集した結果なのだろうか。でも少なくともそういう瞬間、私たちは人間のレベルではなく、鳥やイヌのレベルに近づいている。通常は人間の五感は、鳥やイヌの五感とは明らかにちがうはずなのに。

つまりこれらの感覚については、科学者も小野町子と同様に「霧のかかつた心理界」をさ迷っているのであろう。『第七官界彷徨』では、それが「霧のやうな」感覚世界であることがくり返し叙

述されている。三五郎が二助の部屋で「私」の髪を切る場面では、

「睡りに陥りさうになると私は深い呼吸をした。こみ入つた空気を鼻から深く吸ひいれることによつてすこしのあひだ醒め、ふたたび深い息を吸つた。さうしてるうちに、私は、霧のやうなひとつの世界に住んでゐたのである。そこでは私の感官がばらばらにはたらいたり、一つに溶けあつたり、またほぐれたりして、とりとめのない機能をつづけた。二助は丁度、鼻掃除器に似た綿棒でしきりに蘚の上を撫でてゐるところであつたが、彼の上つぱりは雲のかたちにかすみ、その雲は私がいままでにみたいろんなかたちの雲に変つた。土鍋の液が、ふす、ふす、と次第に濃く煮えてゆく音は、祖母がおはぎのあんこを煮る音と変らなかつたので、私は六つか七つの子供にかへり、私は祖母のたもとにつかまつて鍋のなかのあんこをみつめてゐたのである。（中略）私の眼には机の上の蘚の湿地が森林の大きさにひろがつた。二助はふたたび綿棒をとつて森林の上を撫で、箒の大きさにひろがつた綿棒をノオトの上にはたいた。」

第七官界では何が起こるか。日ごろ見慣れていたものの形、音、大きさが変容するのである。

（形）上っぱり ──→ いろんなかたちの雲
（音）土鍋の液の音 ──→ 祖母があんこを煮る音
（大きさ）蘚の湿地 ──→ 森林

綿棒──→箒

もちろんそのものに魔法がかけられて、ほかのものに化けてしまったわけではない。変容は、それを見たり聞いたりしている「私」の感覚世界の中で生じたのだ。そのときの「私」の状況は「身辺はいろんな匂ひでかためられ」「こみ入つた空気を鼻から深く吸ひいれ」そして「ただ睡いのである」。眠くてたまらないとき、私たちの周囲のものの形が歪んだりぼやけたりするのをしばしば体験するが、きっと「私」もそういう半覚醒の状態だったのだろう。私たちはものを認識するのに目を使うけれど、視覚だけで判別することはできない。机が机であることを認めるためには、机とはどういうものかという知識や記憶──学習に基づいている。「人間の視覚についての専門家たちは、われわれに物が正しく見えるのは想像力によって視覚の欠点を補っているからだと断言している」とバートンは言う（『動物の第六感』）。

二助が実験の時は上っぱりを着るという知識があるからこそ、いつもは上っぱりに見えている。でも睡さのあまり頭を働かすことのできない状態のぼやっとした目には、多忙な二助の動作につれて揺れ動く上っぱりは、白っぽい雲として映る。第七官界は、固定概念を排除したところに生じる純粋の感覚世界なのだ。机の上の平べったい器に繁茂しているコケ群落は、その上に「私」がうつむいていくに従って、森林に変容する。正確にいうと、このとき変わったのは「私」のほうである。

女の子の中でコケは小さいものという概念が崩れおちる。女の子の目が焦点距離の短い虫眼鏡になり、コケは森として見えてしまう。あるいは反対の状況を想像することもできる。森林の上をヘリコプターで飛べば、森林が樹木の集まりであることは確認できる。でもヘリコプターの代りに飛行機に乗って、上空一万キロまで上昇してのぞいた森林は、私たちの目にはべったりと地をおったコケのように見えるであろう。それがタイガであるとか、熱帯雨林であるとか思うのは、私たちの予めの知識によっている。見ている主体の状況によって、見ているものの大きさや形は容易に変わって感じられる。尾崎翠は、この場面を書くとき、このように変容する世界を書いたのである。

J・V・ユクスキュルは『生物から見た世界』という著書の中で、満開の野原の花の茎がどんな役割を果たすかを考えた。まず胸飾りにつける美しい花束を編む、花摘む少女の環境世界では、花茎は装飾の役を演じる。また茎の表面の模様を伝って歩き、花弁の中の食物に到達するアリの環境世界では花茎は道の役を、導管に穴をあけ茎から液汁の供給を受けながら、自分の泡の家をつくるアワフキムシの幼虫の環境世界では給油所の役を、茎や花を食べ、大きな口に押しこむウシの環境世界ではえさの塊りの役を演じる。つまりユクスキュルは、四つの異なった環境世界では、同一の対象物が四つの異なった意味をとり、どの場合もその性質が根本から変えられる、という事実を示したのだ。そしてもちろんこの事実は、次のような結論も引きだすだろう、と筆者は考える。少女にとって花茎は給油所ではないし、アワフキムシにとっては道路ではなく、アリにとってはえさではなく、ウシにとっては胸飾りではないのだ、と。私たちが人間中心に存在している一つの世界を盲信しているかぎり、世界は単純明快でけっして「霧のやうに」は見えないのである。

さらにユクスキュルは「きわめて強い影響力をもっていて、しかも主体にだけしか見えないような現象のおこる環境世界」の存在を認め、これを「魔術的環境世界」と呼んだ。子供が魔女を見たと怖がるのは錯覚ではなく、ほんとうに子供の環境世界に出没したと考えるのである。これはこじつけであろうか？　これがこじつけであるとしたら、現代の抽象絵画はどうであろうか。あのねじ曲がった人の顔やものの形や、形にならない線や点や現実にはない複雑な色のすべては、想像の産物か、それとも画家の環境世界にほんとうに現われたものなのか。私はやはり画家たちはほんとうに視ているのだと思う。少なくとも私たちに強いインパクトを与える画家においては。抽象画家たちは私たちとはちがう特別の目を隠しもっていて、その目で視たとおりを描いたのだ。抽象絵画のあるものは私によく理解できるが、別のものは理解できない。それはたぶん私の中で、私を主体としてありうべき作品と、全くありえない作品を瞬時に察知するセンサーが働いたからである。抽象画家が描いた世界は、私たちには見えないけれど、たしかにどこかにあることを感じさせるので、私たちは日常からかけ離れた形や線や色彩に共感を持つことができる。そのとき見る者と描く者は同じ環境世界に座っている。それが容易に可能なのは、画家と私たちが人間という同じ種であるからだろう。

第七官界への旅は、私たちの状況が私たちのおかれている日常性から遠ざかろうとするときに始まる。たとえば覚醒と睡眠のあわいのひととき、高熱ではなく微熱が長く続くような状態のとき、私たちはしばしば異なる感覚世界に引きこまれる感じを持つ。部屋にあるソファーはいつも見慣れたものなのに、ふいにどこかよそよそしく自分のソファーではないような変な気がする。半病人のときに限って出現するこの感覚世界は、第七官界の入り口である。第七官界は現実と夢との境に現われ、日常と非日常を一続きのものにする中間地帯なのだ。この中間地帯に立って、私たちはその両方の世界を見わたすことができる。

失恋もまた第七官界への旅の気分を誘う。

「失恋とは、おお、こんな偉力を人間にはたらきかけるものであらうか。それならば（私は急に声をひそめた考へかたで考へをつづけた）三五郎が音楽家になるためには失恋しなければならないし、私が第七官の詩をかくにも失恋しなければならないであらう。そして私には、失恋といふものが一方ならず尊いものに思はれたのである。」

この作品で、家族全員を失恋者にしたてたのは、こういうわけだったのだ！

やがて小野町子の第七官界を探る旅は核心へと近づく。

三五郎の寝床にもぐりこんだ「私」は、天井に「垣根の蜜柑ほどのさしわたし」の破損を見つける。

「私は、それだけの大きさにかぎられた秋の大空を、しばらくながめてゐた。この閑寂な風景は、私の心理をしぜんと次のやうな考へに導いた――三五郎は、夜睡る前に、この破損のあひだから星をながめるであらうか。しばらく、星をながめてゐるであらうか。そして午近くなつて三五郎が朝の眼をさましたとき、彼の心理にもこの大空は、いま私自身の心が感じてゐるのとおなじに、深い井戸の底をのぞいてゐる感じをおこさせるであらうか。第七官といふのは、いま私の感じてゐるこの心理ではないであらうか。私は仰向いて空をながめてゐるのに、私の心理は俯向いて井戸をのぞいてゐる感じなのだ。」

筆者も子供のころ、睡りに落ちる直前に深い穴の底に向ってどんどん落ちていくという感じによく襲われた。それほど怖くはなかったが、とても不安定な気持だった。ふつう大地は固く揺るぎないもののシンボルとして扱われる。しかし思考力が失われ、剝きだしの感覚世界に滑べりこんだとき、大地は揺らぎ液状化現象が生じ、子供の私は地に呑まれていったのだ。

小野町子は好きな従兄の寝床にもぐりこんだ。その興奮だけで彼女の感覚はかなり鋭くなったであろう。視線の先の小さい屋根の穴から、やはり小さくて丸い秋の空が見えた。丸めた両手を重ねて筒をつくってのぞくと、対象物は広がった風景の中でよりもくっきりと立体的に見える。天井穴は手の遠眼鏡と同じ効果があっただろう。穴を透かして見える秋の空は平面ではなく、奥深く井戸の底のようだった。かぎられた高い空を見あげることも、深い井戸をのぞきこむことも、同じようなことだと「私」は感じる。どちらも「私」の体の位置できまるだけなのだ。大地の上にしっかりと根を張った木の梢はつねに空を指し、根は地下に向う。けれど「私」は寝床の上であおむけになり、天井を眺めている。「私」はいったい空に向っているのか、地下に向っているのか？　第七官界においては上下関係も逆転しうる。小さいものが大きく見えるように。

「霧のかかつた」と形容されていた第七官界が、だいぶ具体的になってきた。寝ころんであおむくという中途半端な状況で、小さな丸い形の空と深い井戸の底の丸い水面を区別することを、純粋な感覚は拒否するだろう。第七官は、予備知識や常識をはぎとった裸の感覚である。

「うで栗の中味がすこしばかり二助の歯からこぼれ、そしてノオトの上に散つたのである。私は思はず頸をのばしてノオトの上をみつめた。そして私は知つた。蘚の花粉とうで栗の粉とは、これはまつたく同じ色をしてゐる！　そして形さへもおんなじだ！　そして私は、一つの漠然とした、偉きい知識を得たやうな気もちであつた。――私のさがしてゐる私の詩の境地は、このやうな、こまかい粉の世界ではなかつたのか。蘚の花と栗の中味とはおなじやうな黄色つぽい粉として、いま、ノオトの上にちらばつてゐる。そのそばにはピンセットの尖があり、細い蘚の脚があり、そして電気のあかりを受けた香水の罎のかげは、一本の黄ろい光芒となつて綿棒の柄の方に伸びてゐる。」
（傍点筆者）

それまでは多少ためらいがちであったのだが、赤いちぢれ毛の貧相な女の子はこのときついに確信したのだった。保護者兼支配者の兄たちの助けを借りず、独り旅を続けて新しい感覚世界に到達したのである。それは〝蘚の花粉＝うで栗の粉〟という同居の科学者の卵たちからは、とんでもないと嘲笑われそうな結論であった。それゆえに彼女は自分の発見を、自分一人の胸におさめ、だれに告げることもしなかったのである。もちろん発見はただちに創造とは結びつかない。自分の詩の境地は、黄色くて美しい微細な粉のような世界で、蘚だの、うで栗だのとかの区別は必要ではない、と思っても、彼女が実際に書きかけたのは平凡な恋の詩であった。

主人公小野町子の第七官界探求の旅は、事実上ここで終った。小説の後半の物語が、〝蘚の恋〟に移ったことからも、それとわかる。

小説のここまでの部分を、筆者なりにまとめてみれば、第七官界は入り口付近では、霧がかかったようにこみいった感覚世界である。しかし内部に分け入るにつれて、霧はしだいにあがり、並の人間の嗅覚や聴覚や視覚の範囲を超えた感覚世界が見えてくる。もし私たちが、常識や身につけている固定概念をふり払い、剝きだしの感覚に身を浸せば到達しうる境地である。そこでは人間が人間としての誇りとともに築きあげてきた上下大小の関係やものの形質が揺らめき、入れ替えが可能となる。蘚↕森であり、空↕井戸である。従って四人暮しの家庭の中で、この世界に到達しえたのは、学問に無縁の「炊事係」の女の子なのである。彼女は何の足かせもないために、このような驚天動地の事実に直面しても、少しも恐れたりあわてたりはしない。むしろ嬉々として、自分の発見した境地の詩を書くことに取りかかる（残念ながら小説の終るまでに、彼女の詩は完成していないが）。尾崎翠が『第七官房彷徨』の主人公を、素直で心優しいふつうの〝女の子〟に設定したのは、たぶんそういう意図からであったろう。

四——エロスの霧

この小説の主題はもちろん第七官界である。でも尾崎翠はこの小説を変奏曲に仕立てたかったのだろう。そのもくろみは成功し、文学的な最大の魅力は、主旋律に基づいたさまざまのバリエーションが、ため息が出るほどの新鮮さでかつ美しく展開される点にある。その一つが「蘚の恋愛」である。

蘚はコケと読むのだろうが、教科書を復習すれば、地球上に分布する約二万種のコケ類は形態的な特徴から、セン類、タイ類、ツノゴケ類に分類される。セン類の代表は、スギゴケで、すべての植物体に葉と茎の区別がある。タイ類の代表はゼニゴケで、茎葉体のものとべたっと地を這う葉状態になるものがある。ツノゴケはごく特殊な種類で数も少ない。尾崎翠はコケ類についてかなり正しい知識をもっていたようだ。「蘚」と当て字をしたからには、『第七官界彷徨』に登場するコケはセン類で、それも群落の描写などからスギゴケと考えても不自然ではない。

作品中、一助と二助が〝恋愛〟をめぐって当人たちはまじめだが、聞いている者には何ともいえずおかしい会話をえんえんと交わす場面がある。精神科医の一助は、「人間が恋愛をする以上は、蘚が恋愛をしないはずはないね。人間の恋愛は蘚苔類からの遺伝だといつていいくらゐだ。この見方は決してまちがつてゐないよ。蘚苔類が人類のとほい先祖だらうといふことは進化論が想像してゐるだらう。そのとほりなんだ。その証拠には、みろ、人類が昼寝のさめぎわなどに、ふつと蘚の心に還ることがあるだらう。じめじめした沼地に張りついたやうな、身うごきのならないやうな、妙な心理だ。あれなんか蘚の性情がこんにちまで人類に遺伝されてゐる証左でなくて何だ。人類は夢の世界に於てのみ、幾千万年かむかしの祖先の心理に還ることができるんだ。だから夢の世界はじつに貴重だよ。分裂心理学で夢をおろそかに扱はない所以は――」とユングばりの主張を唱え、それに対して片や蘚の繁殖実験の当事者である二助は、「……僕が完全な健康体としてしよつちゆうみる蘚の夢といふのは、ただ、僕自身が、僕の机のうへにある蘚になつてゐる夢にすぎないよ。だから僕は人類発生前の、そんな大昔の、人類の御先祖に当るやうな偉い蘚の心理には、夢の中でさへ還つたためしがない。それだけの話しだよ。僕はもう睡つてもいいだらう」と軽くいなす。作者である尾崎翠は、コケ類が四億年前に淡水生活者の緑藻類が陸上に上がってきた最初の姿であることを知っていたのだろう。でも筆者には〝女の子〟である「私」が一助よりもずっと取っつきやすい二助の言葉に、共鳴している雰囲気を感じる。微細なうで栗の粉や頭髪の切り屑に詩をそそられる感性は「偉い蘚の心理」にはほど遠いからである。

それはともかく、筆者はこの作品の世界、つまり第七官界に漂う霧の正体は、〝エロスの霧〟だと思う。読んでいるうちにふわっとそういう気分に陥る描写が、随所に現われる。「二助の机の上では、今晩蘚が恋をはじめたんだよ。知つてるだらう、机のいちばん右つ側の鉢。あの鉢には、いつも熱いくらゐのこやしをやつて二助が育ててゐたんだ。熱いこやしの方が利くんだね、今晩にわかにあの鉢が花粉をどつさりつけてしまつたんだ。蘚に恋をはじめられると、つひ、あれなんだ、つまり——まあいいや、今晩はともかくそんな晩なんだ。僕は蘚の花粉をだいぶ吸つてしまつたからね。」

と、これは蘚の発情実験の助手をつとめて、頭に血がのぼってしまった三五郎の従妹への述懐である。三五郎はこのとき「私」に接吻しているのだけれど、蘚の花粉を吸つていない「私」のほうはさっぱり反応しない。三五郎の発情は、大根や蘚のそれとちがって、子供と娘のあいだをさまよう「私」には、やや息苦しい思いをもたらしたらしい。「若い女の子にとつては蘚の花粉などの問題は二人同志の話題としないで、一人一人で二助のノオトを読めばよかつたのである」と、彼女は思う。

ところがその従兄が隣りの娘に明確な恋の対象を意識するや、「私」は急に悲しくなり、泪がとまらなくなる。妹のかなしみに気づくのは、人間を研究している一助ではなく、植物を研究している二助のほうである。

「しかし、うちの女の子はこのごろすこしふさいでるね。このごろちつとも音楽をうたはないし、いまはうつむいて、何か黒いものを縫つてゐるが、何を縫つてゐるんだ。」「いいねこの蒲団は。うちの女の子はなかなか巧いやうだ。（これはすべて二助が私に与へるなぐさめであつた）僕にもひとつ作つてくれないか。さうだ、僕は丁度きれいな飾り紐を二本もつてゐる。（二助は境のふすまを開けて赤と青の二本の紙紐をもつてきた）これは昨日僕が粉末肥料を買つたとき僕の粉末肥料を包装してあつた紐だが、丁度肱蒲団の飾りにいいだらう。僕のを青くして女の子のを赤くするといいね。ふさいでないで赤い肱蒲団をあてたり、それからうんと大声で音楽をうたつてもいいよ。僕は昨夜で第二鉢の論文も済んだし、当分暢気だからね。今晩から僕はうちの女の子におたまじやくしの講義を聴くことにしよう。」

何と優しい二助であろう。一人っ子である筆者がつねに憧れるのは、こういう兄の姿であるが、よく読めば、これは兄としての配慮というよりは二助という人格の優しさであった。二助は農学科の学生だが、自室で研究を行うぐらいだから、きっと大学院生であろう。彼は家中でいちばん広い部屋を占め、半坪ほどの床の間で二十日大根を栽培していた。このミニ畠はもちろん自然農法であるから、この家の特殊な臭気の発生地でもある。ただし太陽は当たらないので、畠の上には人工光線が豆電球によって送られている。別のコーナーの古机の上には、例の蘚の植物園がある。そして室内は新聞紙に包んだ肥料や実験用具で「手が下しようもない」「乱雑さ」なのだった。

実は筆者も学生時代は農学部に所属していた。そして二助の部屋の模様は、細部にわたって私が出入りした実験室に類似している。薄暗い室内には多様な装置で充満していた。片隅のガラス器には、幾段階かにわけられた種子が発芽し、検鏡した残りはデシケーターで乾燥したのちに、薬品と混ぜあわせて分析器にかけられる。化学的臭いと生物的臭いが、同時に煙のように廊下に流れていった。尾崎翠は必ずや二歳年上だった兄の研究室をのぞいたことがあるのだろう。そして彼女の目は物珍らしい子供のように、厳めしい実験室をたのしいオモチャ室として捉えたのだろう。

話を戻すと、二助の二十日大根の研究は、失恋の痛手をいやすための旅先で出会った、不毛の地の老人に頼まれて始めたものだった。彼は科学者であって、しかも他人に同情深い面も備えていたのだ。二助の本来の研究対象は蘚なのである。二十日大根を村の土で栽培する試みは虚しく終り、彼は蘚を床の間に移す。そして四段階の温度の肥料を施して、繁殖＝恋愛の促進効果を観察したのだった。たまたま筆者の卒論も、苺の肥料別繁殖実験だったから言えるのだが、この実験方法はまことにリアルである。多くの読者が想像するように、『第七官界彷徨』は翠が空想のみで紡いだ人工的作品ではないのである。この作品は超現実的だが現実を拒否しないし、超日常的だが日常と切りはなされているわけではない。どことなく尋常でない空気が漂うのは、私たちが慣れきってしまい、これしかありようがないと思っている日常から、新しい感覚世界を解放しているからである。人間の従来の感覚域を、人間ではない生き物たちのレベルに移して書いた小説だともいえる。尾崎翠自らが「非正常心理の世界」に踏みいりたいと書いたのは、きっとこういう意味だった、と私は思う。しかし慣れない感覚世界に長時間身をおくことは、ものすごくシビアでエネルギーを消耗する仕事にちがいない。翠は『第七官界彷徨』を書き進めながら、幻聴や幻覚に苦しめられるようになり、ついに精神を病んでしまう。

小説の中で蘚が恋を始めると、花粉を飛ばすという幻想的なイメージは、花田清輝氏が言われたとおり「すばらしくきれいで」しかも官能的である。現実のコケ類は種子植物とちがって花粉をつけないが、有性生殖を行って子孫をふやす。スギゴケの生活史はたいへん面白いので、簡単に復習してみよう。ふつう私たちが見かける小さい杉の形に似たコケは、雄株と雌株である。雄株には精子が、雌株には卵細胞がつくられる。次に精子は決死の大冒険を行う。精子は雄株の外に出て、水中を泳いで雌株の造卵器に到達しなければならず、泳ぎついた多数の精子のうち造卵器に入って受精しうるのは、ただ一個なのだ。コケ類がつねに湿気のある所に生息するのは、このためである。受精卵は分裂を開始して、胞子体をつくる。胞子体上にできた胞子嚢の中に、減数分裂によって花粉に似た粉のような胞子がつくられる。そして小説に出てくる情景のように、胞子は遠くに飛び散っていくのだ。

こうしてみると、ふつうの植物と比べていかにコケ類の繁殖様式が、人間のそれに似ているかがわかる。コケというもっとも原初的な生物の「恋愛」を描くことによって、尾崎翠は人間も含めた普遍のエロスを描いたということになる。激情的ではないがきわめてエロチック。これが人間以外の生物の「恋愛」の基本の姿であろう。人間はそれに深い情の価値を附加して、一寸特殊な恋愛を演ずる。むしろ情が欠けたら、恋愛とは呼ばぬようである。

第七官界への旅を終え、エロスの霧を十分に吸いこんだあとで、小説の古屋の住人たちはそろって不本意な方向に進んでいく。元からの失恋者である二助に加えて、一助は病院の女患者に、三五郎は隣家の娘に、小野町子は三五郎に失恋する。しかし結末は悲劇に落ちこまず思いがけない状況に転換するのだ。

一助は分裂心理病院の同僚であり、恋のライバルでもある柳浩六の家に出かける。町子は一助に頼まれて、彼らの議論の資料となるべき日記を使者として届けに行くのだが、浩六と会い互いに唐突に好感を抱く。

「私の恋愛のはじまつたのは、ふとした晩秋の夜のことであつた。」

記憶力のいい読者は、はてな？　と疑問に思うだろう。この「恋愛」というのは何であろう。小説の冒頭はこうなっていた。

「よほど遠い過去のこと、秋から冬にかけての短い期間を、私は、変な家庭の一員としてすごした。そしてそのあひだに私はひとつの恋をしたやうである。」

「ひとつの恋」とは従兄三五郎への慕情を指していたはずだった。それなのにまた「私の恋愛のはじまつたのは……」とは？　さらにおかしいのは、町子が現われたとたんに一助と浩六の激論は、くにゃくにゃと龍頭蛇尾に終ってしまうことだ。「ああ、僕はすこし煩瑣になつてきた。ありたけの論争ののちには、こんな心理が生れるものか。僕は病院の女の子を断念してもいい心境になつたやうだ。」

何といういいかげんさ、と純愛物語を予定していた読者は腹だたしく思われるにちがいない。われらがヒロイン、あの泣き虫の女の子までが、会ったばかりの柳浩六からくびまきをホイホイと買ってもらい、浩六氏を想う詩を書きはじめるのである。恋の対象は入れ替え可能だし、競争者のいない恋の気分は色あせる。しかしこういう結末ほど『第七官界彷徨』という小説にふさわしいものはなかった、と筆者は信じる。

「辺りが静寂すぎたので私は塩せんべいを止してどらやきをたべ、そしていつまでも写真をみてゐた。そしてつひに私は写真と私自身との区別を失つてしまつたのである。これは私の心が写真の中に行き、写真の心が私の中にくる心境であつた。」

柳浩六氏が憧れの異国の詩人の肖像を「私」に見せてくれたときの印象である。「私」は写真になり、写真は「私」になる。尾崎翠は「異常なまでにあかるい日のひかりにみちあふれた」文体で、第七官界の住民であることを自ら宣言したのだ。

五――おたまじゃくしのスピリット

私が最初に読んだ尾崎翠の作品は『歩行』という短編である。意識的に選んだのではなく、例の銀色の本の一番目に載っていたからだ。『歩行』は、色合でいえばアルバムに糊で貼りつけておいたら退色してしまったカラー写真のような作品である。カラーでもなく、黒白でもない微妙な中間色で統一され、それが読む者に独特のノスタルジーをかきおこし、それだけでこの小説を好きになる人がいるかもしれない。それに小説全体がとても静かで、まるでコハクに閉じこめられた世界を、外側から眺めているような感じがする。

『歩行』は、『第七官界彷徨』が完成した直後に書かれている。主人公の「私」のイメージは、ほとんど前作の小野町子と重なっている。あい変わらずの〝ババコン少女〟だが、やや前作より大人びて（たぶん〝兄〟たちがいないせいだ）、その分引っこみ思案になったようだ。少女は例によって片恋をしている。相手は精神分析医らしい幸田当八である。小説にもの哀しい空気が漂っているのは、彼女の心境の反映でもあろう。こやしの臭いもしないし、干し柿のように甘い情趣もある。だから『第七官界彷徨』はとても食えないという人も、『歩行』なら食べることができるだろう。銀色本の編集者が、まず『歩行』を掲載したのは一種の作戦だったろう。しかし筆者には『歩行』のもつ〝味のよさ〟を、うまく説明することはできそうにない。読んでもらうほか仕方がないのだが、映画でいえばジム・ジャームッシュの作品に似ている。何でもなくて、ちょっとおかしくて寂しい。それなのにあそこはどうしても忘れられない、という場面が心に残る。

私が初めて『歩行』を読んだとき、忘れがたくなった文章がある。

詩人の土田九作氏が、罎の中のおたまじゃくしを見ている少女に語った言葉だ。

「何か悲しいことがあるのか。悲しい時には、あんまり小さい動物などを瞶めると心の毒になるからお止し。悲しい時に蟻やおたまじやくしを見てゐると、人間の心が蟻の心になつたり、おたまじやくしの心境になつたりして、ちつとも区別が判らなくなるからね。……」

これは明らかに反語的警告だが、筆者はここを読むたびに胸がジーンとしてしまう。子供のころ蟻やおたまじゃくしを飼っていた筆者は、ときどき人間であることを止めたい、という衝動に駆られた。土田氏もふつうの人の常識に反逆する詩人であった。「からすは白きつばさを羽ばたき、唖々と嗤ふ、からす嗤へばわが心幸おほし」などという詩を書いて、義兄の動物学者松木氏を慨嘆させ、脳の薬を飲み続けて、姉の松木夫人に心配の種をまく。ところがこの土田氏が、少女を慰めるために書きつけてくれた詩は、次のようにまことに古風な抒情詩なのだ。

おもかげをわすれかねつつ
こころかなしきときは
ひとりあゆみて
おもひを野に捨てよ

おもかげをわすれかねつつ
こころくるしきときは
風とともにあゆみて
おもかげを風にあたへよ

（よみ人知らず）

恋は皮肉たっぷりの人間をも、かくのごとき素直な動物に変えるというのか？

尾崎翠は、身の回りの小道具を作品の中で上手に生かす作家である。『第七官界彷徨』では、びなんかずらと桑の根の美髪料、マドロスパイプ、ボヘミアンネクタイ、蜜柑などが、構成要素として欠くべからざる役を担っている。『歩行』にもたくさんの身近な品物が出てくる。簡単服、お萩、重箱、狐窓、窓辺の柿、餅取粉のついた餅板、こわれた岐阜提灯、おしめ籠、おたまじゃくしの罎、渋紙色の風呂敷、頭の薬、胃散等々。そしてどの品物も、均衡のとれた静物画のようにぴたりとした位置にはめこまれている。どんなに小さなつまらない物も、そこに存在することが必要なのだ。作者の苦しいばかりの努力が筆者には伝わってきて、その神経の鋭さが怖くなる。それなのに『歩行』には、構成のよくできた作品にありがちの窮屈さはみじんもなく、私たちは読みながら主人公の少女とともに秋の野面を快く散歩することができる。

尾崎翠は『第七官界彷徨』という力作のあとの息抜きのつもりで、この短編を書いたのであろうか。第七官界をついに発見したという安堵が、目的のないのんびりとした歩行を誘ったのであろうか。何度も読み返すうちに、そうではないことに筆者は気がついた。冒頭に掲げられた八行詩の次の最初の一行。

「夕方、私が屋根部屋を出てひとり歩いてゐたのは、まつたく幸田当八氏のおもかげを忘れるためであつた。」

〝歩行〟の目的は〝片恋をいやすため〟なのである。そしてこの短編の真の舞台は、夏と冬という鮮やかな季節のあわいにある秋の、昼と夜の中間にある黄昏どきという状況が生みだした〝第七官界〟なのだ。『歩行』に漂う〝もの哀しさ〟は、『第七官界彷徨』では「哀感」と記されていたあの特徴だったのだ。そして土田九作氏の登場によって、作者の意図はもっとも明瞭に示されている。松木氏の不満を聴こう。

「何にしても、土田九作くらゐ物ごとを逆さに考へる詩人はゐないね。言ふことが悉く逆さだ。烏が白いとは何ごとか。神を恐れないにも程がある。僕は動物学に賭けても烏のまつくろなことを保証する。」

「ところでこんど九作の書く詩は、おたまじやくしの詩だといふ。あゝ、何といふ恐ろしいことだ。実物を見せないで書かしたら、土田九作はまた、おたまじやくしは真白な尻尾を振り――といふ詩を書くにきまつてゐる。」

土田九作が烏が白いという詩を書いたのは、彼が私たちにはもうおなじみのあの感覚世界を知っていたからである。第七官界では、ものごとは一定せずに揺れ動く。黒いか白いかほかの色かは、それを感じる主体の感覚である。

モンシロチョウのメスがキャベツにとまっているときは、翅を閉じている。翅を閉じているモンシロチョウは、外からは後翅の裏側しか見えない。近くを通りかかったオスは、すぐメスのところに飛んできて交尾する。しかし人間の目には、オスでもメスでも、後翅の裏側は同じように黄色っぽく見える。モンシロチョウのオスは、メスをどうやって識別しているのだろう？

現代の動物学者である日高敏隆氏は、観察と実験を重ねて、モンシロチョウのオスがモンシロチョウのメスを見つけだす目印は、メスの後翅から反射される紫外線と黄色の混ざった色であることを突きとめた。

「ぼくら人間の目では、黄色と青色の絵具をまぜると緑色に見える。二つの色がまざると、まったくちがう色に見えるのだ。黄色と紫外線がまざった場合と、黄色だけの場合とでは、チョウの目にはまったくちがった色に見えるだろう。」（日高敏隆『チョウはなぜ飛ぶか』）

読者をわくわくさせずにはおかないこの科学の本には、さらにアゲハチョウのメスがオスを引きつけるのは、黒と黄の縞もようであることや、引きつけられた次の段階の交尾行動は、前肢でメスに触ることによって引きおこされることなどが書いてある。

「さわってにおいをかぐ、このような感覚を『接触化学覚』という。」（同書）

嗅覚は遠距離感覚だが、接触化学覚は至近距離感覚である。人間の五官のほかにも、αとしての感覚器がアゲハチョウには実在するのだ。チョウの世界は、私たちにとって第七官界なのである。『歩行』の土田九作氏は、チョウチョウでも鳥でもないけれど、詩人の特性で変身術は自由自在、お手のものである。彼は人間の身からはなれて、架空の生物になり代り、その目で眺めた詩を書いた。「からすは白きつばさを羽ばたき……」と。そんな詩人に、罎に入れた人工孵化のおたまじゃくしを届けて、実物のとおりの詩を書けという強要は迷惑至極なことである。もっともこの作品に登場する科学者と詩人の対立は、あまり真剣なものとも思えない。いわばゲームの勝負ぐらいにじゃれあっている。彼らは表現型は異なるけれど、遺伝子の部分で通じるものを持っている兄弟なのだ。

さて土田氏の家におたまじゃくしを届けに行った少女は、ついにしばらくのあいだ恋しい面影を忘れることに成功する。〝片恋のいやし方〟の第一段階である。土田氏が第七官界のさ迷える詩人であることを、私たちはすでに知っている。「悲しい時に蟻やおたまじやくしを見てゐると、人間の心が蟻の心になつたり、おたまじやくしの心境になつたりして、ちつとも区別が判らなくなるからね」（傍点筆者）のように、第七官界では人間の心と小さな動物の心の境界は曖昧になり、入れ替えが可能になる。もしかしたら土田氏がおたまじゃくしの詩作を断念したのは、彼が罎の中のおたまじゃくしを見つめているうちに、おたまじゃくしの心になってしまったからかもしれない。何しろおたまじゃくしは詩など書かないから……。

詩人のように他の動物の心に容易にのり移れない場合は、どうしたらその心境がわかるだろうか。野鳥写真家の嶋田忠氏は、特殊な技術の力を借りて、それをみごとに表現した。嶋田氏は六年間をかけて北海道のアカショウビンを撮影し、『火の鳥』という写真集にまとめた。アカショウビンは五、六月に東南アジア方面から日本各地の森に渡ってくる夏鳥である。日本の留鳥であるカワセミと同じ科に属しているが、雰囲気はまるでちがう。カワセミの青く輝く丸い体とオレンジ色の胸は、かわいいとの一語につきるが、アカショウビンは朱と紫と黄色の混じったような見慣れぬ羽色で、美しいけれども、その美しさは妖しく刺激的である。この写真集の前半は、主にこの鳥の生態と繁殖行動に当てられている。アカショウビンはかなりの悪食で、小魚もとるがカエルやトカゲも構わずとる。とった獲物は枝などにパシッパシッとたたきつけ、骨を砕いてから呑みこむ。この生ま生ましい迫力に満ちた場面もあるが、オスがメスに求愛給餌（小魚をプレゼント）している微笑ましい場面もある。しかし私を驚かせたのは、『カムイの心像』と題する後半の大胆な撮影法であった。嶋田氏はアカショウビンが魚をとりに来る水中に、カメラを設置したのである。水中カメラは魚の目になった。魚の目に映ったアカショウビンは美しくも微笑ましくもない。それは朱と紫と黄色の斑らの巨大な塊り、原初の生のエネルギーを噴きだしながら飛びかかってくる怪物である。食べられる一瞬前、あたりはほとんど金色に包まれる。それは魚の恐怖の終りを告知する光である。

もし岸辺でアカショウビンの動作を見ていたら、私たちはこの鳥の漁夫としての機敏さに拍手を送るだけだったろう。水中カメラという高度の撮影技術が、人間と鳥と魚の三者の感情まで味わわせてくれたのだ。

先に『歩行』はもの哀しく甘い情趣のある作品だと書いたけれど、これは作家としての翠の技巧を示していても、テーマとはいえない。彼女がこの短編で表現したかったのは、やはり冒頭一行のとおり、第七官の感覚世界にくり広げられる〝片恋のいやし方〟なのである。それを証拠だてる、尾崎翠の別の作品についてもう少し考えてみたい。

『歩行』の翌年書かれたという『地下室アントンの一夜』を初めて読んだときは、あまりいい作品とは思われなかった。全体がごたごたしていてまとまりがなく、翠好みのレトリックの奇抜さが度を越している。しかし最近読み直してみて、考えを改めた。これは翠にとっても私たちにとっても、重要な作品なのだと。

『地下室アントンの一夜』は、土田九作、松木氏、幸田当八等『歩行』のメンバーが、それぞれの心境を独白しつつ、地下室に集結する構成になっている。独白の中身はかなりくどくどしていて、読んでいて面倒臭くなるほどだが、なぜくどくどしているかの理由はのみこめる。尾崎翠は『歩行』が短編小説としてあまりきれいに結晶してしまったので、恐れたのではないだろうか。自分の意図がそのために読みすごされ、素通りされてしまうことを。そう考えたとき、筆者にはこの『地下室アントンの一夜』が別の形に見えてきた。

『地下室アントンの一夜』は『歩行』の解説版なのである。

数カ所を例に引いて、コメントしてみよう。

〈土田氏の独白より〉

「空には、太陽、月、その軌道などを他にして、なほ雲がある。雨のみなもともその中に在るであらう。層雲とは、時として人間の心を侘しくするものだが、それはすこしも層雲の罪ではない。罪は、層雲のひだの中にまで悲哀のたねを発見しようとする人間どもの心の方に在るであらう。」

「空には略右のやうな品々が点在してゐた。しかし、それ等の点在物は決して打つかり合はなかつた。打つかり合ふのは、其処に人間が加はるからだ。僕の耳鳴りにしても、南風に吹かれる人間の頭が此処に存在するから、それで耳鳴りも起つてくるわけだ。南風だけが静かに空を吹いてゐたら、頭の内壁の呟きなどは決して起らないであらう。――空の世界はいつも静かであつた。」

雲が人間をわびしい気持にするのも、空に浮かぶ天体や煙や風が打つかり合うのも、耳鳴りと同じようにそこに主体としての人間の心や頭が加わるからである。

「動物学者は何処まで行つても動物学者であらう。おたまじやくしは蛙の子であるといふことしか理解しないであらう。僕は知つてゐる。おたまじやくしのみなもとは蛙の卵であつて、はてしなく、雲とつづいた寒天の住ゐの中に、黒子のごとく点在してゐる。どの三十ミリメエトルを切りとつてみても、その模様は細かいさつま絣の模様にすぎない。何と割切れすぎる世界だ。動物学者の世界とは、所詮割切れすぎてぢきマンネリズムに陥る世界にちがひない。とまれ、僕の住ゐと松木氏の動物学実験室とは、同じ地上に在る二つの部屋であるとはいへ、全然縁故のない二つの部屋だ。僕の室内では、一枚の日よけ風呂敷も、なほ一脈のスピリットを持つてゐる。動物学実験室では、おたまじやくしのスピリットもそれから、試験管の内壁に潜んでゐるスピリットも、みんな、次から次と殺して行くぢやないか。僕は悲しくなる。」

動物学者としての松木氏の態度に、彼は疑問を抱き、悲しくなる。おたまじゃくしのスピリットが殺されるのは、僕のスピリットが殺されることである。第七官界では、すべてのものが平等に意味を主張し、スピリットを持っている、と感じるのだ。

「人間の眼に、小動物も亦五情を備へてゐるやうに見えだしたとしたら、もうおしまひです。片恋をしてゐるおたまじやくしを眺めてゐる人間は、彼もまた片恋をはじめてしまつた証拠です。これは人間の心臓状態が動物の心臓に働きかける感情移入です。すると動物の心臓状態がまた人間に還つて来ます。これは松木氏などの動物学では決して扱はないところの心理界の領分です。嗤ひたかつたら、何時でもお嗤ひなさい。松木氏は、いつか、僕の『鳥は白い』という詩をみてひどく怒られたさうですが、白いものは何処まで行つたつて白いです。それあ、人間の肉眼に鳥がまつくろな動物として映ることなら、僕は二歳の時から知つてゐます。しかし、人間は何時まで二歳の心でゐるもんぢやない。ゐるのは動物学者だけだ。それから、人間の肉眼といふものは、宇宙の中に数かぎりなく在るいろんな眼のうちの、僅か一つの眼にすぎないぢやないか。」

コメントの必要はまったくないであろう。「物ごとを逆さに考える」詩人の言葉は、ユクスキュルの次の文にしっかり結びつく。

「その環境世界は目に見えない対象物とともに存在している。しかしその対象物は、他の主体にとっては、人間の世界の対象物がわれわれの目に映るのと同じような実在性をもっている。われわれの環境世界の対象物は、動物の環境世界においてはさまざまな変形をうけている。イヌの世界ではイヌの事物しか存在しないし、トンボの世界ではトンボの事物しか存在しない。（中略）どの生物も、人間独自の舞台と同じように現実性のある独自の舞台を所有しているのだ。」（『生物学における客体の役割』）

「もしわれわれが、あたかもプリズムに目をあてて見るように、動物の脳に精神的な目を当てることができたならば、われわれ人間の環境世界は、同じように変わった形で見えることだろう。いろいろな反応世界のメディアを通して、こんなふうに世界を見ることほど愉快で面白いことはないだろう。」（『動物の環境世界と内的世界』）

片恋は苦しい。土田九作は歩く少女に恋をするのだが、できれば彼女を忘れたいと願っている。少女は少女で、幸田当八のことを忘れたいと望んでいて、対象はちがうけれどこの点において二人は同類である。そして変なことに土田九作は、心の片隅ではむしろ片恋が続くことを希望しているようなのだ。

「松木氏の頭を一つ痛烈にやつたはづみに、僕は、小野町子のことを忘れるかも知れない。すると、僕の心臓は、スツキリと、涼しくなるんだ。しかし、いま、何となく僕を引きとめるものがある。

これはいったい何だらう。この雲みたいな心のかけらは。」（傍点筆者）

　前章で検討したとおり、第七官界は詩的境地である。そして片恋は人間を第七官界の入り口に立たせる。詩人の「雲みたいな心のかけら」は、感覚を鋭敏にする片恋を吹き払ってしまいたくないという逡巡ではないだろうか。彼は詩も書けるし、心もスッキリ涼しくなる場所を探し求める。そしてついに見つけた場所は、「地下室――おお、僕は、心の中で、すばらしい地下室を一つ求めてゐる。うんと爽かな音の扉を持つた一室。僕は、地上のすべてを忘れて其処へ降りて行く。むかしアントン・チエホフという医者は、何処かの国の黄昏期に住んでゐて、しかし、何時も微笑してゐたさうだ。僕の地下室の扉は、その医者の表情に似てゐてほしい。地下室アントン。僕は出かけることにしよう。動物学者を殴りに行くよりも僕は遙かに幸福だ」であった。

　動物学者の松木氏は義弟のことが気になって、先に〝地下室〟に到達し、長い遍歴の旅から帰ったばかりの幸田当八氏と雑談を交わしている。

「丁度この時地下室の扉がキユーンと開いて、それは非常に軽く、爽かに響く音であつた。これは土田九作の心もまた爽かなしるしであつた。何故ならば此処はもう地下室アントンの領分である。」

　つまり地下室アントンこそが土田九作の第七官界であるのだが、そこは「広々とした霧のかかつた心理界」ではなく、「非常に軽く、爽か」な世界なのであった。きっと風が出て、霧を吹きとばしてしまったのだろう。その後の三人の短い会話の部分には、うるさいほど〝風〟という言葉が入りこむ。

「今晩は。僕は、途中、風に吹かれて来ました。」

「すばらしい晩です。どうでした外の風に吹かれた気もちは。」

「僕は、外の風に吹かれて、とても愉快です。いま、僕は、殆ど女の子のことを忘れてゐるくらゐです。」

〝風〟が『地下室アントンの一夜』から導きだされる『歩行』のキーワードなのだ。幸田当八氏のおもかげを忘れるために少女は風吹く野面を歩く。土田九作氏は彼女を助けるために〝風〟の詩を渡す。「おもかげをわすれかねつつ／こころくるしきときは／風とともにあゆみて／おもかげを風にあたへよ」そして土田氏自らも、その詩のとおり「外の風に吹かれて」地下室に来る途中、ほとんど女の子のことを忘れることができた。風が何もかもさらっていく。これが〝片恋のいやし方〟の答である。霧のあがった爽やかな〝地下室＝第七官界〟では、片恋すらも気分の上昇とともに、軽くなってしまう。そのためには〝風〟が必要だ。不謹慎な答だと、まゆをひそめる向きもあろうけれど、片恋に打ちのめされていては人間は生きてはいかれない。小野町子もやがてはコハク色の世界から抜けだして、土田九作氏の跡を追い、過激な女詩人に成長することであろう。

六——終りに

書きはじめたときは四十枚ぐらいの予定だったのに、書き終えてみたら百枚をかなり過ぎていた。過ぎた分は私の翠への思いの丈といえるかもしれないが、実のところ意図をそれて繁茂させてしまった枝葉の部分である。生物学書からの引用が多いのは、私の昔からの生活のありようを示している。でも私がこのような類の書に親しんでいなかったら、私はこれほど尾崎翠の作品——精神構造と言い換えてもいいかもしれない——に引きつけられなかったにちがいない。もとより彼女の作品は他の面でも並々ではなく光っていて、いろいろな人を引きつけているし、さらにいろいろの角度から〝尾崎翠の謎〟を説きあかす文章が書かれてきた。たぶん私はそれらの文章のほとんどを読み、同じ愛読者として悦んだり、感心したりしたと思う。奇妙なことはこれまでに尾崎翠に触れた文章のほとんどが、男の書き手によっていることだ。（例外的に川崎賢子氏が『幻想文学24』で『〈少女〉的世界のなりたち』という題で書いておられる）その理由が私にはまだわからないし、評論について論評する力など私にはないので、本稿は私だけのイメージを強引に尾崎翠にかぶせた上での、作品論となった。

私がまず尾崎翠にかぶせたイメージは、彼女の鋭敏な感覚がとらえた〝人の世のものならざる感じ〟である。彼女はこの世界を文学的に「第七官界」と表現したが、裏返せば「宇宙の中に数かぎりなく在るいろんな眼」（『地下室アントンの一夜』）を通して見た世界である。宇宙には数かぎりない眼があって、人間の肉眼はその一つにすぎない、と知ったとき、たぶん彼女はどうしようもないほど周囲から孤立したであろう。そのころふつうの人々はもとより、作家も、科学者さえもそういう認識は持たなかったからである。今でこそ私たちは科学技術の力を借りて、それを証することができる。水中カメラや赤外望遠鏡や電子顕微鏡や超遠心分離器は、人間以外の生物たちがそれぞれに固有の世界と文化をもって生きていることを実感させる。しかし尾崎翠の時代には……。彼女は他人から理解される望みをほとんど捨てて、『第七官界彷徨』を書いたと思われる。作家は自分が真実だと思うことしか、書くことはできない。しかも彼女の感覚は、岡本かの子らに代表される〝大地＝母＝女〟という自然を一元的にとらえる思考を拒否した。異性からも同性からもわかってもらえず、自分が特殊で異常な人間だという思いは深まったであろう。人間は孤立しては生きられない。

彼女が一時的にしろノイローゼにかかったのは当然である。

そういう経過から、尾崎翠が〝かわいそうな〟作家だったという神話が生まれる。私のイメージには、そういう姿の彼女は現われない。私は花田清輝氏の「あかるい日のひかり」説に賛成である。くわしくは本文に述べたけれど、外側の事情から判断して悲劇の女流作家のレッテルを貼りつけたら、地下の尾崎翠は苦笑するのではないだろうか。彼女のように鋭い神経の主が、苦しみ嘆きつつ七十五歳まで生き永らえることができるはずがない。コケは湿気の多い薄暗い場所に生えている。だから私たちはしばしば陰気なものの文学的表現をする際にコケを選ぶ。「コケのようにじめじめした性格」などなど。でもコケをネクラだと感じるのは、私たちの主観である。コケにとっては周囲の環境もコケ自身も、陰気であるとは感じられない。尾崎翠は〝あかるいコケ〟だったのだ、と私は信じている。

私が本稿で明らかにしたことは、尾崎翠の作品は、超現実の空気を漂わせながら、実はしっかりした根拠に基づいてつくられている、ということである。文学作品に根拠を求めることが、つまりおおっている文学の「霧」を晴らして、そこに何があるのか、あるいは何もないのかを見定めることは、芸術としての価値を失わせるであろうか。現在の風潮としては根拠のないもののほうが、より文学的だと認められているような気がする。でもこういう傾向が、文学と科学の分野が互いに背を向けるようになった原因の一つになってはいないだろうか。詩人の土田氏と動物学者の松木氏の対立の果てに。

それに根拠が明らかになっても、なおかつ私は尾崎翠の作品が好きで好きでたまらない。私が好きなのは根拠ではなくて、作品なのだから。これが文学という営みのふしぎであり、人間という動物のふしぎではあるまいか。そして科学がまだ根拠を示すことができずにためらっているまに、創造という自由を許された文学は「数かぎりなく在るいろんな」宇宙の目を使って、一足先に新しい世界を生みだすことができる。この点だけは、科学よりも文学のほうがちょっぴり有利ではないだろうか。

あとがき——翠の原石

　これまでも幾度か、特定の作家や作品に傾倒した経験をもっています。もちろん作家（作品）が異なれば経験も異なって、ある場合には壇上の師として仰ぎみることとなり、別の場合にはロックファンの心境にも似た熱い夢となり、また別の場合には同世代としての共感が先だったりしたものでした。

　それにしても尾崎翠の場合は、きわだって特殊でありました。実生活ではそういう傾向皆無の私が、彼女の作品についてはビロード張りの小箱に秘めた翠の原石のように、ときどき取りだしてはこっそり眺めるという、少女趣味を久しく満喫していたのでしたから。

　そう、尾崎翠の作品には直射日光のもとでは変質してしまいそうな危うさがつきまとっていました。衆目にさらすことが、磨かれる以前の原石にとって幸せなことかどうかも、わからなかったのです。それで私は十年以上もぐずぐずとためらっていました。やっと決心がついたのは、次のような確信にいたったからです。

少なくとも「第七官界彷徨」という一作は、私が生きている今という時代のために書かれたのだ、と。危さと感じられたのは、もろさではなく、新しく拓かれた感覚そのもので、小箱から引きだそうと白日にさらそうと、翠の原石はその輝きを失うことはないのだ、と。

この本に収められた文章は、その確信ができて安心したのちに、私が手放しで書きつづった尾崎翠讃歌なのです。讃歌であるからして、時に調子にのりすぎた箇所があるかもしれません。もっとコケのようにひっそりと書くほうがふさわしかろうに、という翠文学愛読者たちのつぶやきが聞こえてきます。ごめんなさい、翠さん。私はやはり北海道産の雑草で、あなたは鳥取産の光蘚《ひかりごけ》。その差は歴然としています。それでもただの湿めっぽいコケではないあなたとの、ジェネティックな部分での強い相同性を感じます。人間としてこの世に生まれた以上は、男女をとわず、相手にこの相同性を求めて彷徨するのも、また自然な姿ではないのでしょうか。


尾崎翠を探る彷徨の途上では、大勢の方々にお世話になりました。

『尾崎翠全集』の編者稲垣真美氏からは、再三再四ほんとうに多くのことを教えていただきました。鳥取の竹内道夫氏は、取材旅行中もその後も折りに触れて情報を提供してくださいました。また私が最初に翠への思いを打ちあけたのは、たまたま同じエレベーターに乗りあわせた当時「群像」編集長の天野敬子さんで、それ以来「群像」元編集部の石坂秀之氏、現編集部の見田葉子さんからたえざる励ましを受けつつ書きあげることができました。また「群像」掲載直後に電話をくださったのは、創樹社の玉井五一氏です。皆様のおかげで、私の初めての作品論が本にまとまりましたことを、感謝いたします。

〈尾崎翠作品の引用は、一章は『アップルパイの午後』〈薔薇十字社〉、二章以下は『尾崎翠全集』〈創樹社〉によった〉

【初出一覧】

「尾崎翠の感覚世界」――――「群像」一九九〇年一月号

「あとがき――翠の原石」――――『尾崎翠の感覚世界』(創樹社、一九九〇年)

■参考文献

尾崎翠作品集『アップルパイの午後』（薔薇十字社、一九七一年）
『尾崎翠全集』（創樹社、一九七九年）
R・L・カーソン『海辺――生命のふるさと』（上遠恵子訳、平河出版社、一九八七年）
川村　湊「妹の恋――大正・昭和の少女小説」（『幻想文学』第二四号、一九八八年）
嶋田　忠『火の鳥――アカショウビン』（写真集、平凡社、一九八五年）
M・バートン『動物の第六感』（高橋景一訳、文化放送開発センター出版部、一九七五年）
日高敏隆『チョウはなぜ飛ぶか』（岩波書店、一九七五年）
山田　稔「静寂の力――尾崎翠を読む」（尾崎翠『第七官界彷徨』創樹社、一九八〇年所収）
J・V・ユクスキュル／G・クリサート『生物から見た世界』（日高敏隆・野田保之訳、思索社、一九八八年）
R・H・ライト『匂いの科学』（菊池俊英訳、みすず書房、一九六九年）

《附》尾崎翠作品

第七官界彷徨

よほど遠い過去のこと、秋から冬にかけての短い期間を、私は、変な家庭の一員としてすごした。そしてそのあひだに私はひとつの恋をしたやうである。

この家庭では、北むきの女中部屋の住者であつた私をもこめて、家族一同がそれぞれに勉強家で、みんな人生の一隅に何かの貢献をしたいありさまに見えた。私の眼には、みんなの勉強がそれぞれ有意義にみえたのである。私はすべてのものごとをそんな風に考へがちな年ごろであつた。私はひどく赤いちぢれ毛をもつた一人の痩せた娘にすぎなくて、その家庭での表むきの使命はといへば、私が北むきの女中部屋の住者であつたとほり、私はこの家庭の炊事係であつたけれど、しかし私は人知れず次のやうな勉強の目的を抱いてゐた。私はひとつ、人間の第七官にひびくやうな詩を書いてやりませう。そして部厚なノオトが一冊たまつた時には、ああ、そのときには、細かい字でいつぱい詩の詰まつたこのノオトを書留小包につくり、誰かいちばん第七官の発達した先生のところに郵便で送らう。さうすれば先生は私の詩をみるだけで済むであらうし、私は私のちぢれ毛を先生の眼にさらさなくて済むであらう。（私は私の赤いちぢれ毛を人々にたいへん遠慮に思つてゐたのである）

私の勉強の目的はこんな風であつた。しかしこの目的は、私がただぼんやりとさう考へただけのことで、その上に私は、人間の第七官といふのがどんな形のものかすこしも知らなかつたのである。それで私が詩を書くのには、まづ第七官といふのの定義をみつけなければならない次第であつた。これはなかなか迷ひの多い仕事で、骨の折れた仕事なので、私の詩のノオトは絶えず空白がちであつた。

私をこの家庭の炊事係に命じたのは小野一助で、それに非常に賛成したのはたぶん佐田三五郎であつたらうと思ふ。なぜなら、佐田三五郎は私がこの家庭に来るまでの三週間をこの家庭の炊事係としてすごし、その三週間はいろいろの意味から彼にとつてずゐぶん惨めな月日で、彼は味噌汁をも焦がすほどの炊事ぶりをしたといふことであつた。この家庭の家族は以上の二人のほかに小野二助と、それに私が加はり、私は合計四人分の炊事係であつた。みなの姓名を挙げたついでに、私は私自身の姓名などについて言つておかう。私は小野一助と小野二助の妹にあたり、佐田三五郎の従妹にあたるもので、小野町子といふ姓名を与へられてゐたけれど、この姓名はたいへんな佳人を聯想させるやうにできてゐるので、真面目に考へるとき私はいつも私の姓名にけむつたい思ひをさせられた。この姓名から一人の痩せた赤毛の娘を想像する人はないであらう。それで私は、もし私の部厚なノオトが詩でいつぱいになつたときには、もうすこし私の詩か私自身かに近しい名前を一つ考へなければならないと思つてゐた。

私のバスケツトは、私が炊事係の旅に旅だつ時私の祖母が買つてきたもので、祖母がこのバスケツトに詰めた最初の品は、びなんかづらと桑の根をきざんだ薬であつた。私の祖母はこの二つの薬品を赤毛ちぢれ毛の特効品だと深く信じてゐたのである。

特効薬を詰め終つてまだ蓋をしないバスケツトに、私の祖母は深い吐息をひとつ吹きこみ、そして私にいつた。

「びなんかづら七分に桑白皮《さうはくひ》三分。分量を忘れなさるな。土鍋で根気よく煎じてな。半分につまつたところを手ぬぐひに浸して――いつもおばあさんがしてあげるとほりぢや。固くしぼつた熱いところでちぢれを伸ばすのぢや。毎朝わすれぬやうに癖なほしをしてな。念をいれて、幾度も手ぬぐひをしぼりなほしてな」

祖母の声がしめつぽくなるにつれて私は口笛を大きくしなければならなかつた。しかし私の口笛はあまり利目がなかつたやうである。祖母はもうひとつバスケツトに吐息を吹きこみ、そして言つた。

「ああ、お前さんは根が無精な生れつきぢや。とても毎朝は頭の癖なほしをしてくれぬぢやろ。身だしなみもしてくれぬぢやろ。都の娘子衆はハイカラで美しいといふことぢや」

私は吹いてゐる口笛がしぜんと細くなつてゆくのをとどめることが出来なかつた。私は台所に水をのみに立つて、事実大きい茶碗に二杯の水をのみ、口笛の大きさを立てなほすことができた。

私がしばらく台所で大きい口笛を吹いて帰つてくると、祖母は泪を拭きおさめて、一度バスケツトにつめた美髪料をとりだし、二品の調合を一包みづつに割りあててゐるところであつた。障子紙を四角に切つた大きい薬の包みを一つ一つ作つてゆきながら祖母は言つた。——さうはいつても、都の娘子衆がどれほどハイカラで美しいとて人間は心ばえが第一で、むかしの神さまは頭のちぢれてゐた神さまほど心ばえがやさしかつたといふではないか。天照大神《あまてらすおほみかみ》さまもさぞかしちぢれたお髪をもつてゐられたであらう。あにさんたちのいふことをよくきいて、三五郎とも仲よくくらして……そして私の祖母は私の美髪料の包みのなかに泪を注いだのである。

私のバスケツトはそんな風でまだ新しすぎたので、それをさげた佐田三五郎の紺がすりの着物と羽織を、かなり古びてみせた。三五郎は音楽受験生で、翌年の春に二度目の受験をするわけになつてゐたので、彼の後姿は私の眼にすこしうらぶれてみえた。しかし私は三五郎のこんな後姿を見ない以前から、すでに彼の苦しみに同感をよせてゐた。三五郎は国もとの私にいくたびか手紙をよこし、受験生のうらぶれた心もちを、ひどく拙い字と文章とで書き送つてゐたのである。

三五郎と私が家に着いたとき、家のぐるりに生垣になつてゐる蜜柑の木に、さしわたし四分ばかりの蜜柑が葉と変りのないほどの色でつぶつぶとみのり、太陽にてらされてゐた。この時私ははじめて気がついた。私の手には蜜柑の網袋がひとつ垂れてゐて、これは私が汽車のなかでたべのこした一袋の蜜柑を、知らないではだかのまま手に垂らして来たものである。それにつけても、この家の生垣は何と発育のおくれた蜜柑であらう。――後になつてこの蜜柑は、驚くほど季節おくれの、皮膚にこぶをもつた、種子の多い、さしわたし七分にすぎない、果物としてはいたつて不出来な地蜜柑となつた。すつぱい蜜柑であつた。けれどこの蜜柑は、晩秋の夜に星あかりの下で美しくみえ、そして味はすつぱくとも佐田三五郎の恋の手だすけをする廻りあはせになつた。三五郎はさしわたし七分にすぎないすつぱい蜜柑を半分たべ、半分を対手にくれたのである。しかし三五郎の恋については、話の順序からいつても、私は後にゆづらなくてはならないであらう。

このやうな生垣にとり巻かれた中の家といふのは、ひどく古びた平屋建で、入口に張られた三枚の名刺が際だつて明るくみえるほどであつた。小野一助、小野二助、佐田三五郎の三枚の名刺は、先に挙げた二枚だけが活字で、三五郎の分は厚紙に肉筆で太く書いた名刺であつた。「受験生とは淋しいものだ。一度受験して二度目にも受験しなければならぬ受験生はより淋しいものだ。こんな心もちは小野一助も、二助も、とつくに忘れてゐるだらう。小野町子だけが解つてくれるだらう」と私に書き送つた佐田三五郎は、彼自身の名刺の姓名だけでも筆太に書いて、彼の心を賑やかに保つつもりになつたのであらう。

三五郎は玄関わきの窓から家のなかにはいり、ぢき玄関をあけてくれたので、私はぢき名刺をながめることを止《よ》して三五郎の部屋にはいつたが、しかしついでながらさつきの三五郎の手紙のつづきは次のやうであつた。

「こんな心もちを小野二助がとつくに忘れてゐる証拠には、彼は僕の部屋と廊下一つだけ隔てた彼の部屋で、毎夜のやうにこやしを煮て鼻もちのならぬ臭気を発散させるので、おれは二助の部屋からいちばん遠い地点にある女中部屋に避難しなければならぬ。こやしを煮ることがいかに二助の卒業論文のたねになるとはいへ、この臭気が実にたびたびの事なのだ。しかしそれは我慢することにしても、女中部屋には電気がないので、宵から蒲団をだして寝てしまはなければならないし、用事のあるときは蝋燭の灯でやるほかはない。今夜もおれはこの手紙を女中部屋のたたみの上で書いてゐるのだ。おれは悲しくなる。今夜は殊にこやしの臭ひが強烈で、こやしの臭ひは廊下をななめに横ぎつて玄関に流れ、茶の間に流れ、台所をぬけて女中部屋に洩れてくるのだ。おれは悲しくなつて、こんな夜にはピアノをやけむちやに弾いてやりたくなるよ。
しかしそれも僕は我慢することにしても、女中部屋に先客のあるときはじつに困る。一助氏はふすま一重で二助に隣りあつてゐるので、たいていな臭気には馴らされてゐるやうだが、それでもこやしの臭ひの烈しすぎる夜には、一助氏がすでに女中部屋に避難して、僕の蒲団のなかで、僕の蝋燭の灯で勉強をしてゐるのだ。そして一助はろくろく本から眼をはなしもせずおれに命じるには、『なにか勉強があるのなら、蝋燭をもう一つつけて尻尾の方にはいつてはどうだい、どうもこやしをどつさり煮る臭ひは勉強の妨げになるものだからね。アンモニアが焦げると硫黄の臭気に近づくやうだ』
おれは女中部屋から引返し、おれの部屋の窓を二つとも開けはなしておいて銭湯に行く。それから夜店のバナナ売りを、みんな売れてしまふまで眺めてゐるのだ。でなければ窓を二つとも開けはなした部屋に一助の蒲団を運んできて、なるたけ窓の方の空気を吸ふやうに努めながら、口だけあいて声はださない音程練習をしてみるのだ。一助も二助も夜の音楽は我慢ができないから、音楽は昼間みんなのゐないうちに勉強しておけといふのだ。おれはいつになつたら音楽学校にはいれるのだらう。自分ながら知らぬ。小野町子の予想を知らしてくれ。町子の書いてくれる考へはおれを元気にしてくれ。

二助はまだこやしを煮止めないから、今夜はもうひとつ大切なことを書かう。これはこのあひだから書かう書かうと思ひながら書けないでゐた大切なことなんだ。おれはいま、小野町子にだけ打ちあけたいことを持つてゐる。そのつもりでゐてほしい。じつはかうなんだ。

このあひだ、分教場の（おれが毎日の午後通つてゐる音楽予備校は分教場といふ名前の学校なのだ）先生が、おれの音程練習をわらつた。おれの半音の唱ひかたが際どいといつて、おれの耳に『プフン』ときこえたところの鼻音で、一つだけわらつたんだ。おれは悲観して分教場を出たので、帰りにマドロスパイプのでかいやつを一本買つてしまつた。この罪は、おれの気まぐれの罪ではなくて、おれの音程練習を怒らずにわらつた分教場の先生の罪だとおれは思ふが、小野町子はどう思ふか。人間といふものは自己の失敗をわらはれるよりはむしろ怒鳴られた方が常に愉快ではないか！　殊にわらひといふものは短いほど対手を悲観させるものではないか！

パイプ屋の店でおれのほしいと思つたマドロスパイプは、おれの想像の三倍にも高価だつたので、おれは一助氏から預かつてゐた『ドツペル何とか』といふ本の金も、ほとんどパイプにとられてしまつたわけだ。以来おれは一日のばしに丸善に寄るのをのばしてゐる。それからおれは一助氏には、毎日丸善にお百度を踏んでゐて、丸善にはまだ『ドツペル何とか』が来てゐないと言つてあるのだ。

おれはマドロスパイプをまだ一度もすつてみないでピアノのうしろにしまつてゐたので、一助氏も二助氏もゐない午前中に通りがかつた屑屋にパイプをみせたら、屑屋は三十銭といふ値をつけた。何といふことだこれは。おれは屑屋をうらやましいと思つたり、三十銭で『ドツペル何とか』を買へたらなあと思つたりしたよ。そして最後に僕が願つたのは、小野町子が一日も早く僕のところにきて僕の窮境を救つてくれることだ。もし旅立ちがおくれるやうだつたら、すぐお祖母さんから町子がもらつて、それを僕に送つてくれ。『ドツペル何とか』は多分六円する。僕が一助氏から預かつてゐたのは六円であつた」

この手紙が私の旅立ちを幾日か早めたことは事実である。しかしこれは三五郎の窮境を救ふためではなかつた。彼の消費は私の旅立つ前すでに補はれてゐて、その補つた金といふのは、私の祖母が私の襦袢にポケツトを縫ひつけ、その中に入れてくれた金であつた。祖母は言つたのである――都にゆけばぢき冬になる。都の冬には新しいくびまきが要るであらう。ゐなかの店のくびまきは都の娘子衆のくびまきに見劣りのすることは必定であろ。この金で好いた柄のを買ひなされ。一人で柄がわからんぢやつたら三五郎に歩んでもらつて、二人でとつくり品さだめをして、都の衆に劣らぬよい柄のを買ひなされ。

襦袢のポケツトの金は、丁度私に好都合であつた。私はひそかにその紙幣を五円一枚と一円とに替え、そして三五郎のいつてよこした定額を紙幣で三五郎への手紙に封じた。それから四枚の一円をもとのポケットに入れ、ホックをかけておいた。祖母は私の襦袢のポケットにホックをもつけてくれたのである。私の祖母はホックといふものはたいへん便利なものだといつて、私の着古した夏の簡単服のホックをいくつか針箱にしまつてゐた。

私の旅立ちを早めたのは、漠然としたひとつの気分であつた。

三五郎は玄関わきの一坪半の広さをもつた部屋に、ピアノと一緒に住んでゐた。ピアノはまことに古ぼけた品で、これがもし新築家屋の応接間などにあつたら、りつぱな覆布をかけておかなければならなかつたであらう。このピアノは家つきの品で、三五郎がこの古びた家屋と共に家主から借り受けてゐるのだといつた。ピアノの傍には一個の廻転椅子がそなはつてゐて、この方は天鵞絨《ビロード》の布よりもはみ出した綿の部分の方が多かつた。三五郎はその椅子の上に一枚の風呂敷をかけ、その上に腰をかけ、網袋の蜜柑をたべながら私に話した。私はバスケットの傍で聴いてゐた。三五郎のうしろには蓋をあけたままのピアノがあつて、その鍵の上には一本のマドロスパイプが灰をはたかないままで載つてゐた。三五郎が話したことは――家つきピアノがあつたためにこんな古ぼけた平屋を借りてしまつたのだが、三週間住んでみて、こんな厄介な家はないと思つて居る。小野二助と一緒に住む以上は、二階建でなくてはだめだ。ピアノがなくてもいいからもうすこしは新しい、二階に二室ある二階建をみつけて、二助と一助を二階に住まはせ、階下では僕と町子とで住まうではないか。(三五郎は蜜柑の皮をピアノの鍵の上におき、次の蜜柑をとつた)二人で探せばぢきすてきな家がみつかるよ。二助は勝手に二階でこやしを煮たらいいだらう。臭気といふものは空に空に昇りたがるものだから、階下に住んでゐる僕たちには関係なしだ。もし一助氏が階下に避難する夜には、こやしも試験管で煮るときにはそれほどでもないが、二助が大きい土鍋で煮だすとまつたく我慢がならないからね。だから一助氏は当然、ときどきは階下に避難するさ。そしたら僕の部屋を一助に貸すから、僕は町子の部屋に避難しよう。二助たちと階上階下に別れて住むやうになれば、僕も夜の音程練習を唱つてもいいしね。今の状態では、午後は分教場に行くし、夜は一助たちから練習を止められてゐるし、まるで僕の勉強時間がないんだ。午前中は、一助氏と二助が出かけてしまふとばかに睡いだけだよ。何しろ毎朝はやく起きて朝飯を作るのは僕にきまつてゐたんだから。はじめの約束では、二助は、町子の来るまで炊事を手つだつてやると言つてながら、一度だつて手つだつたためしがないんだ。卒業論文の研究で宵つぱりをするといふ口実の下に、二助くらゐ朝寝をする人間はゐないね。その上しよつちゆう僕にこやしの汲みだしを命じるくらゐだ。ともかく今の状態では僕はまた失敗にきまつてゐる。僕は二度とも音楽学校につづけて落つこちたくはない。だから二人でできるだけ早く二階家をみつけることにしよう。一助と二助のゐない間にさつさと引越しをして、それには引越しの荷車代がいるけど、町子は持つてゐるだらう。いくらも掛りあしないんだ。東京に来たてといふものは、誰のポケットにも多少の余裕はあるものだから、もちろん一助と二助には絶対にだまつてゐて断行するんだ。すつかり荷物をはこび、二階の設備が終つたところで、一助氏の病院と二助の学校とに速達をだしといてやればいいんだ。この家の玄関に移転さきを張りだしとくだけでもいい。彼等はただ自分の部屋が一つあつて、勉強だけ出来れば満足してゐるよ。飯でもよほど焦がさなければ文句はいはないほどだ。二助の試験管や苗床や土鍋の類がとても厄介な荷物だが、それは僕と町子とが手ですこしづつ運ぶんだ、仕方がない。だからあまり遠くには越せないし、したがつて引越し代はあまりかからないわけだ。

蜜柑の皮がいくつかピアノの上に並び、網袋の蜜柑がなくなつたとき、三五郎はマドロスパイプを喫ひはじめた。そして新しい話題に移つた。彼のマドロスパイプは手紙に書いてあつたほど大きくなかつた。――このあひだの金で僕はじつに安心した。すぐ丸善で例の本を買つて一助氏にわたし、一助氏はいまその本を研究してゐる。この本の『ドツペル何とか』といふ名前を日本語になほすと「分裂心理学」といふのだ。一助氏のつとめてゐる病院は、この分裂心理といふのをもつた変態患者だけを入院させる病院で、医者たちはそれ等の患者を単一心理に還すのを使命としてゐる。こんな心理学の委《くは》しいことは僕等にはわからないが、一助氏の勉強は二助のやうに家庭で実験をしないだけは助かる。それからあの金は月末におやぢから送つてきたときに返す。

私はもうさつきからバスケットの蓋をあけ、丹波名産栗ようかんのたべのこしや、キヤラメルなどをたべてゐた。もう午《ひる》すぎで、私は空腹であつた。三五郎も私の手から栗ようかんをとつて口に運び、また彼はバスケットの中から生ぼしのつるし柿をとりだして私にも分けてくれた。これは祖母が道中用に入れてくれた品で、私はこんな山国の匂ひのゆたかなものを汽車のなかでたべることはすこし気がひけたので、たべたいのを忍んでゐたつるし柿であつた。

見うけたところ三五郎も空腹さうで、彼は煙のたちのぼるマドロスパイプをピアノの上におき、椅子から下りてきて、しきりにバスケットの中を探しはじめた。けれど、三五郎はピアノを粗末に扱ひすぎないであらうか。このピアノの鍵はひと眼みただけで灰色とも褐色ともいへる佗しい廃物いろではあつたが、ピアノといふ楽器にはちがひないのである。この楽器の鍵の上には蜜柑の皮につづいて柿のたねがたくさん並び、柿のたねにつづいてパイプが煙を吐いてゐた。

三五郎は私が浜松で買つた四つの折をバスケットの外に取りだし、一つの封を切つた。中には焦茶いろの小粒のものがいちめんに詰まつてゐた。三五郎はつまんでたべてみて、

「ばかにからいものだね。うまくない。もつとうまいものはないのか」

私もはじめて浜松の浜納豆といふものをたべてみた。たべてみた結果は三五郎とおなじ意見であ

つた。浜納豆は小野一助が浜松駅で忘れずに買つて来るやう私に命じたもので、彼の端書は「数箱買求められ度《たく》、該品は小生好物なれば、浜松駅通過は昼間の方安全也と思惟す。夜間は夢中通過の虞《おそれ》あり」と結んであつた。

三五郎はつひにバスケツトのいちばん底にあつた私の美髪料の包みをあけた。彼にきかれて私がその用途を話したとき彼はいつた。

「そんな手数はいらないだらう。今ではちぢれ毛の方が美人なんだよ。おかつぱにして焼鏝をあてた方がよくはないか」

私は襦袢の胸に手をいれ、かなり長くかかつて襦袢のポケツトから四枚の一円紙幣をだすことができた。そして三五郎にたのんだ。あの金は返してくれないで、これを足してくびまきを一つ買つてほしい。

「さうか。では預かつておく。合計十円のくびまきだね。もうぢき月末には、いい柄のを買ひにつれてつてやるよ。しかし丁度腹がすいたから昼飯をたべに行かう。さつきからすいてるんだが、支度をするのは厄介だし、丁度金がなかつたところだ。今月はパイプでひどいめに逢つたからね」

玄関をしめに行つた三五郎は、私の草履をとつてきて窓から放りだし、つづいて私を窓から放りだした。

炊事係としての私の日常がはじまつた。家庭では家族がそれぞれ朝飯の時間を異にしてゐたので、朝の食事の支度をした私は、その支度をがらんとした茶の間のまんなかに置き、いつ誰が起きても朝の食事のできるやうにしておいた。それから私は私の住ゐである女中部屋にかへり、睡眠のたりないところを補つたり、睡眠のたりてゐる日には床のなかで詩の本をよみ耽る習慣であつた。旅だつとき、私は、持つてゐるかぎりの詩の本を蒲団包みのなかに入れたのである。しかしまことに僅かばかりの冊数で、私はそれだけの詩の本のあひだをぐるぐると循環し、幾度でもおなじ詩の本を手にしなければならなかつた。

毎朝時間のきまつてゐるのは分裂心理病院につとめてゐる一助だけで、あとはまちまちであつた。二助は学校に出かける時間がちつとも一定しなかつたが、毎朝きまつて出かける十分前まで朝寝をし起きるなり制服に着かえ、洗顔、新聞、食事などの朝の用事を十分間ですますことができた。家庭に最後までのこるのは常に三五郎で、彼は午前中しか勉強時間がないといつたに拘らず、午前中朝寝をした。そして彼が午に近い朝飯をたべるときは必ず女中部屋の私をよび、私といつしよに朝飯をたべることにしてゐた。

佐田三五郎が午後の音楽予備校に出かけた後が私の掃除時間であつたが、この古ぼけた家の掃除に私はさう熱心になるわけにはいかなかつた。殊に小野二助の部屋に対しては手の下しやうもないほどであつた。二助は家中でいちばん広い部屋を占め、その部屋は床の間つきであつたが、半坪のひろさをもつた床の間はいちめんの大根畠で、いろんな器に栽培された二十日大根が、発育の順序にしたがつて左から右に並べられ、この大根畠は真実の大根畠と変らない臭ひがした。したがつて二助の部屋ぜんたいに大根畠の臭ひがこもつてゐた。しかしこの大根畠の上には代用光線の設備があつて、夜になると七つの豆電気が光線を送るしかけになつてゐた。

二助は特別に大きい古机をもつてゐて、ここもまた植物園をかねてゐた。古机の上には、紙屑、ノオト、鉛筆、書籍、小さい香水の罎などと共に、私の知らない蘚《こけ》のやうな植物が、いくつかの平べつたい器の湿地のうへに繁茂し、この湿地もまたこみいつた臭気を放つてゐたのである。

二助の部屋の乱雑さについて、私はいちいち述べるのが煩瑣である。たたみの上には新聞紙に積んだ肥料の山がいくつか散在し、そのあひだを罎につめた黄ろい液体のこやしが綴つてゐた。三五郎の不満のたねとなつてゐる例の土鍋は、日によつて机の上、床の間、椅子の上などに移動し、ピンセツト、鼻掃除の綿棒に似た綿棒、玩具のやうな鍬、おなじくシヤベル等の農具一式、写真器一個、顕微鏡一個、その他、その他。

この乱雑な百姓部屋を、どう私は掃除したらいいだらう。これは解決を超えた問題ではないか。一度私は床の間にはたきをかけようとして、いくつかの試験管をならべた台をひつくり返してしまつた。私はこの百姓部屋を、普通の部屋なみに扱ひすぎたのだ。それ以来二助の部屋の掃除は品物のない部分につもつてゐる塵を手で拾つておくほか仕方がなかつた。

私のひつくり返した一組の試験管には、黄ろい液体に根をおろした二つ葉の二十日大根が、たいへんな豊作で繁茂してゐた。二助は耕作者としてこんなに成功してゐたのに、私のはたきは、このひとうねの大根を根柢からひつくり返し、試験管をこなごなにし、黄ろいこやしは私の足にはねかかつた。そしてこやしをはなれた二十日大根は、幾塊のつまみ菜となつてたたみの上に横はつた。

その日の夕方学校から帰つてきた二助を、私はつまみ菜の傍に案内しなければならなかつた。日ごろの時間どりからいへば、私はもう夕飯の支度を終つてゐる時刻であつたが、この夕方の私は夕飯どころの沙汰ではなく、私の顔には泪のあとがのこつてゐた。二助の失望をどんな心で私はきいたことか。彼は「むうん」とひところゑ、地ひびきにも似たひくい歎声をもらしたのである。それから漸く会話の音声をとりもどして彼は言つた。

「この部屋にははたきを使つては、じつに困る。幸ひこの試験管は、昨夜写真にうつしておいたから不幸中の幸ひだ。（それから彼は私に背中をむけた姿勢で独語した）女の子はじつによく泣くものだ。

女の子に泣かれると手もちぶさただ。なぐさめかたに困る。（それから彼はくるりと此方を向いて）この菜つぱを今晩おしたしに作つてみろ。きつとうまいはずだ」

私は急にわらひだしさうになつたので、いそいで三五郎の部屋に退いたが、ここでまた私の感情は一旋回した。私は丁度音楽予備校から帰つたばかりの三五郎の紺がすりの腕を泪でよごしてしまつたのである。三五郎は新聞紙で私の鼻のあたりを拭いたり、紺がすりの腕を拭いたりして、それから二助の部屋に行つた。

廊下一つをへだてた二助の部屋では次のやうな問答があつた。

「へえ、どうしたんだ、この菜つぱは」

「どうも女の子が泣きだすと困るよ。チヨコレエト玉でも買つてきてみようか」

「チヨコレエト玉もわるくはないが、早く夕飯にしたいな。おれはすつかり腹がすいてゐる」

「おれも腹がすいてるんだが、チヨコレエト玉は君の分ぢやない。女の子にくれてみるんだ。君は早くこの菜つぱを集めて、おしたしに作つてみろ。おれの作つた菜つぱはきつとうまいはずだ。こやしが十分に利いてるからね」

「しかし、こやしに脚を浸けてゐた菜つぱを――」

「歎かはしいことだよ。君等にはつねに啓蒙がいるんだ。こやしほど神聖なものはないよ。その中でも人糞はもつとも神聖なものだ。人糞と音楽の神聖さをくらべてみろ」

「音楽と人糞とくらべになるものか」

「みろ。人糞と音楽では――」

「さうぢやないんだ、音楽と人糞では――」

「トルストイだつて言つてるんだぞ――音楽は劣情をそそるものだ。そして彼は、こやしを畠にまいて百姓をしたんだぞ」

「ベエトオヴエンだつて言つてるぞ――」

私はもうさつきから泪をおさめて二人の会話をきいてゐたが、やがて台所に退いた。


二助のとなりの一助の部屋はずつと閑素で、壁のどてら一枚のほかには書籍と机のある、ありふれた書斎であつた。ここでは安心して掃除することができ、また私はときどき私の詩集をよみ飽きたときには一助の部屋にきて、一助の研究してゐる分裂心理といふのを私も研究することにした。

「互ひに抗争する二つの心理が、同時に同一人の意識内に存在する状態を分裂心理といひ、この二心理は常に抗争し、相敵視するものなり」

私はそんな文章に対してずゐぶん勝手な例をもつてきて考へた。――これは一人の男が一度に二人の女を想つてゐることにちがひない。この男はA子もB子もおなじやうに愛してゐるのだが、A子とB子は男の心のなかで、いつも喧嘩をしてゐるのであらう。

こんな空想は私を楽しくしたので、私は次をよみつづけた。

「分裂心理には更に複雑なる一状態あり。即ち第一心理は患者の識閾上に在りて患者自身に自覚さるれども、第二心理は彼の識閾下に深く沈潜して自覚さるることなし。而して自覚されたる第一心理と、自覚されざる第二心理もまた互ひに抗争し敵視する性質を具有するものにして、識閾上下の抗争は患者に空漠たる苦悩を与へ、放置する時は自己喪失に陥るに至るなり」

この一節もまた私の勝手な考へを楽しませた。――これは一人の女が一度に二人の男を想つてゐることにちがひない。けれどこの女はA助を愛してゐることだけ自覚して、B助を愛してゐることは自覚しないのであらう。それで入院してゐるのであらう。

こんな空想がちな研究は、人間の心理に対する私の眼界をひろくしてくれ、そして私は思つた。こんな広々とした霧のかかつた心理界が第七官の世界といふものではないであらうか。それならば、私はもつともつと一助の勉強を勉強して、そして分裂心理学のやうにこみいつた、霧のかかつた詩を書かなければならないであらう。

しかし私の詩集に私が書いてゐるのは、二つのありふれた恋の詩であつた。私はそれを私の恋人におくるつもりであつたけれど、まだ女中部屋の机の抽斗にしまつてゐた。私の机は佐田三五郎が四枚の紙幣の中から買つてきてくれた品であつた。そして三五郎は粘土をこねて私の机の上に電気スタンドを作つてくれ、のこつた粘土で彼のピアノの上におなじ型の電気スタンドを作つた。そのために彼は音楽予備校を二日休み、粘土こねに熱中した。彼は女中部屋でその仕事をしたので、そのあひだ私は女中部屋で針金に糸をあみつけた不出来な電気笠を二つ作つた。

佐田三五郎の感じかたには、すべてのものごとにいくらかの誇張があつた。小野二助がこやしを調合して煮る臭ひはそれほど烈しくはなかつたし、三五郎が夜ピアノを止められてゐるといふのも当つてゐなかつた。三五郎は早寝をしない夜はこやしがたまらないといつて女中部屋に避難し、さうでない夜はピアノを鳴らしながらかなり大声で音程練習をした。それから受験に必要のないコミツクオペラをうたひ、ピアノを掻きならした。けれど三五郎のピアノは何と哀しい音をたてるのであらう。年とつたピアノは半音ばかりでできたやうな影のうすい歌をうたひ、丁度粘土のスタンドのあかりで詩をかいてゐる私の哀感をそそつた。そのとき二助の部屋からながれてくる淡いこやしの臭ひは、ピアノの哀しさをひとしほ哀しくした。そして音楽と臭気とは私に思はせた。第七官といふのは、二つ以上の感覚がかさなつてよびおこすこの哀感ではないか。そして私は哀感をこめた詩をかいたのである。

けれど私は哀感だけを守つてゐたわけではなかつた。三五郎がオペラをうたひだすと、私は詩集を抽斗にしまつて三五郎の部屋に出かけ、二人でコミツクオペラをうたつた。二助が夜の音楽について注意するのは、コミツクオペラの声の大きすぎる時だけであつた。

「二人とも女中部屋に行つてやれ。そんな音楽は不潔だよ」

三五郎と私とがオペラの譜面とともに女中部屋に来ると、女中部屋では一助が避難してゐて、私の机で読書してゐる。そして彼は私たちをみると彼の研究書をもつて部屋へ帰つてゆく。そして三五郎と私とは、もはやコミツクオペラをうたふ意志はないのである。

「僕がしよつちゆう分教場の先生から嗤《わら》はれるのはピアノのせゐだよ。まつたく古ピアノのせゐだよ」

三五郎は大声でコミツクオペラを発散させたのちの憂愁にしづみ、世にもしめやかな会話を欲してゐるのだ。私もおなじ憂愁にしづみ、しめやかな声で答へた。

「さうよ。まつたくぼろピアノのせゐよ」

「音程の狂つた気ちがひピアノで音程練習をしてゐて、いつ音楽学校にはいれるのだ。勉強すればしただけ僕の音程は狂つてくるんだよ。勉強しないで恋をしてゐる方がいいくらゐだ」

「ピアノを鳴らさないことにしたら――」

「あればしぜん鳴らすよ。女の子が近くにゐるのとおんなじだよ」

三五郎と私とはしばらく黙つてゐて、それからまた別な話題を話すのである。

「どうもあのピアノは縁喜《えんぎ》がわるいんだ。鳴らしてるとつひ悲観してしまふやうにできてゐるよ。場末の活動写真にだつてこんな憂鬱症のピアノはないからね。僕は一度調律師に見せてくれと家主に申しこんだら、家主は、とんでもない！　といつたんだ。

こんなぼろピアノに一銭だつて金をかける意志はありません！　屑屋も手をひいたピアノです！あの音楽家にはほとほと手をやきましたよ！　あいつが一銭でも家賃をいれたためしがありますか！　その揚句が、やくざなピアノを残して逃げだしてしまつたのです！　捨てようにも運搬費がかかるんでもとの場所においてある始末です！　あのピアノが不都合な音をだすとおつしやるなら、いつさい鳴らさないで頂くほかはない！

僕はピアノの修繕はあきらめて、屋根の穴だけはふさいでくれと頼んだんだ。ピアノを鳴らしてゐると、丁度僕の頸《くび》に雨の落ちてくるところに穴がひとつあいてゐたからね。

家主はさつそく来て屋根の穴をふさいで、それから生垣の蜜柑の熟れ工合をよくしらべていつたよ。おそろしいけちんぼだ。

あのピアノは、きつと音楽学校に幾度も幾度もはいれなかつた受験生が、僕の部屋に捨てておいたピアノだよ。その受験生は国で百姓をしてゐるにちがひない。僕も国にいつて百姓をしようと思ふんだ」

私は鼻孔からかなり長い尾をひいた息をひとつ吐き、ひそかに思つた。三五郎が国で百姓をするやうになつたら、私も国で百姓をしよう。

「しかし悲観しない方がいいね。女の子に悲観されると、こつちも悲観するよ。百姓のはなしは、オペラのうたひすぎた時思ふだけだよ。僕はもうコミツクオペラをうたはないでまじめに勉強するよ。約束のしるしに、オペラの楽譜をみんな町子にやらう。一枚のこらずやつてしまはう」

三五郎は彼の部屋にのこしてゐる楽譜をも取つてきて、オペラの楽譜全部を私にくれた。私は楽譜を机の抽斗の奥ふかくしまひ、これで三五郎と私とは、怠けがちな過去の生活に大きいくぎりをつけた気がしたのである。

私は新しい希望が湧いたので三五郎にいつた。

「ピアノの蓋に錠をかつておくといいわ。鍵は私が匿しとくから」

「鍵なんか家主だつて持つてやしないよ。しかしもう大丈夫だ。僕はもう絶対にピアノは鳴らさない。僕はこれから一生懸命健康な音程練習をするんだ」

私が誰にも言はなかつた一つのことがらを三五郎に打明けたのは、こんな夜のことであつた。私は詩人になりたいといふひそかな願ひを三五郎に打明けたのである。三五郎はまるで私の予期しなかつたほどの歓びを爆発させ、私のちぢれた頭を毯のやうに腕で巻き、更に私を抱きあげて天井に向つてさしあげた。そして私たちは、詩と音楽とを一生懸命に勉強することを誓ひ、コミツクオペラのやうな不潔な音楽はうたはないことを約束した。

しかし三五郎と私の約束はぢき破れた。私たちは幾たびかコミツクオペラの合唱をくり返したのである。

月末に、三五郎はくびまきを買つてくれないで却つてたちもの鋏をひとつ私に買つてくれた。私の祖母の予想ははづれなかつたやうである。私はバスケツトの底の美髪料をまだ一度も使はなかつた。それで私の頭髪は鳶いろにちぢれて額に垂れさがり、私はときどき頭をふつて額の毛束をうしろに追ひやらなければならなかつた。私の頭髪はいよいよ祖母の泪にあたひするありさまであつた。そんなありさまも三五郎にたちもの鋏を思ひつかせる原因になつたのであらう。

その夜、三五郎は百貨店の包紙を一個私の部屋にはこんだ。彼は紙の中からたちもの鋏と、まつくろなボヘミアンネクタイとを取りだし、そして私に詫びた。

「くびまきは買へなかつたから来月にしてくれないか。今日分教場の先生に嗤はれてネクタイをひとつ買つてしまつたんだ。先生に嗤はれてみろ、きつと何か買ひたくなるものだよ。あとで考へると役にたたないものでも、その場では買ひたくなるものだよ。それあ僕はボヘミアンネクタイに合ふ洋服なんか持つてゐないさ。ただ先生に嗤はれると、何か賑やかなやつを買ひたくなるんだ。丁度百貨店のエレベエタアでボヘミアンネクタイをさげたやつと乗りあはしたから、それで僕も買つたんだよ。くびまきはまだ急がないだらう」

私は三五郎の心理にいちいち賛成であつた。まだくびまきのぜひ要る季節ではないし、私の行李《かうり》のなかには灰色をした毛糸のくびまきがひとつはいつてゐたのである。

「仕方がないからネクタイはこの部屋の飾りにしよう」

三五郎は女中部屋の釘にボヘミアンネクタイをかけた。私の部屋にはいままで何ひとつ飾りがなかつたので、まつくろなボヘミアンネクタイは思ひつきのいい装飾品となつた。

「女の子の部屋には赤い方がよかつたかも知れない。まあいいや、髪をきつてやらう。赤いちぢれ毛はおかつぱに適したものだよ。うるさくなくて軽便だよ。きつと美人になるよ」

私はとんでもないことだと思つた。そしてはじめて決心した。バスケツトの美髪料は毎日使はなければならないし、髪も毎日結はう。

私は急に台所のこんろに火をおこし、美髪料の金だらひをかけた。

私がそのとき頭を解いたのは美髪料でちぢれをのばすためであつたにも拘らず、三五郎はそのとき東西文化の交流といふ理論を私に教えて、つひに私から髪をきる納得を得てしまつた。その理論といふのは、東洋の法被が西洋にわたつて洋服の上衣になつたり、西洋の断髪が東洋にきておかつぱになつたりするのは、船や飛行機のせゐで、これは時代の勢ひだから仕方がないといふ理論であつた。そして三五郎はつけ加へた。かづらの薬でちぢれ毛をのばすのは祖母の時代のこのみで、孫たちは祖母のこのみをそのまま守つてゐるわけにはいかないのである。

三五郎はこの理論を教えこむためにかなり時間をとつたので、話の中途で台所からものの焦げる匂ひがしてきた。金だらひの美髪料がみんな発つてしまつたのである。金だらひに水をかけながら私は髪をきつてしまはうと思つた。

しかし、三五郎が机の上に立てかけた立鏡を私はみたくもなかつたので、私は眼をつぶつてゐた。

「痩せた女の子にはボオイスアップといふ型がいいんだ」

私は何も答へなかつた。私の思つたのはおばあさんはどうしてゐるであらうといふことであつた。最初のひとはさみで、厚い鋏の音が咽喉の底にひびいたとき、私は眼をひとしほ固くし、心臓のうごきが止みさうであつた。私の顔面は一度蒼くなり、その次に真赤になつた感じであつた。

「はなを啜るんぢやない」

三五郎はうつむきがちになつてゆく私の上半身を幾度か矯《た》めなほし、このとんでもない仕事に熱中してゐる様子であつた。私はつぶつた眼から頤にかけて泪をながし、ずゐぶん長い時間を、泪を拭くこともならなかつた。

左の耳の側で鋏が最後の音を終ると同時に私はとび上り、丁度灯を消してあつた三五郎の部屋ににげ込んだ。私の頸は急に寒く、私は全身素裸にされたのと違はない気もちで、こんな寒くなつてしまつた頸を、私は、暗い部屋のほかに置きどころもなかつたのである。――私の頸を、寒い風がいくらでも吹きぬけた。

「おばあさんが泣く」三五郎の部屋のくらがりで、私はまことに祖母の心になつて泣いたのである。

「おばあさんが泣く」

二助が部屋からでてきて、丁度廊下にやつてきた三五郎にきいた。

「どうしたんだ」

「おかつぱにしてやつたんだけど、いきなり逃げだしたんだ。まだ途中だし困つてしまふよ」

「よけいなもの数奇《ずき》をするからだよ。ともかくあかりをつけてみろ」

三五郎が電気をつけた。私はピアノの脚部の隅つこに頸をかくしてゐた。

「みてやるから、よく見えるところに出てごらん」と二助がいつた。彼は制服の上にしみだらけの白い上つぱりを着て、香水の匂ひをさせてゐた。彼はこやしをいぢりながらときどき香水の罎を鼻にあてる習慣であつた。

二助は私の頭の周囲を一廻りした後、

「平気だよ。丁度いいくらゐだ。女の子の頭はさつぱりした方がいいんだよ。そんなに泣くものぢやない」

そして二助は香水の罎から私の頭に香水をたつぷり振りかけてくれた。

一助もいつしか部屋の入口に立つてゐて、彼も私の頭について一つの意見をのべた。

「おかつぱはあまりいいものぢやないよ。しかしぢき伸びるだらう。すこしのあひだ我慢しなさい」

そして彼は部屋に帰つていつた。

二助は私のうしろに立つてゐて三五郎に命じた。

「この辺の虎刈りをすこし直してやつたらいいだらう。この部屋では電気が暗いから、僕の部屋でやつたらいいだらう」

二助の部屋では、かなりの臭気がこもつてゐたけれど、部屋のまんなかに明るい電気が下つてゐて、頸の刈りなほしに適してゐた。二助はその上に大根畠の人工光線をもつけ、新聞紙の肥料の山を二つほど動かし、その跡に土鍋のかかつた火鉢を押しやつた。これはみんな二助が三五郎に腕前をふるはせるための設備で、彼は虎刈りはみつともないといふことを二度ばかり呟いた。私の頸にはよほど眼につくだんだらがついてゐたのであらう。

三五郎は部屋のまんなかに私を坐らせ、丁度電気の真下で刈込みをつづけることになつた。二助は上つぱりのポケツトから垂れてゐたタオルをはづして私の肩を巻き、香水の罎を私の横において三五郎にいつた。

「今夜はすこし臭くなるつもりだから、ときどき香水を当てたらいいだらう。女の子にもときどき当ててやれ」

三五郎は私の頸に櫛を逆にあて、鋏の音をたてた。彼は折々臭気を払ふために鋭い鼻息を吐き、それは一脈の寒い風となつて私の頸にとどいた。しかし私はもう泣いてゐなかつた。ひととほり泣いたあとは心が凪ぎ、体は程よく草臥《くたび》れてゐたのである。ただ私の身辺はいろんな匂ひでかためられてゐて、肩のタオル、私の頭から遠慮もなく降りてくるゆたかな香水の香、部屋をこめてゐる空気などが私を睡らせなかつた。

二助は土鍋をかき廻し、試験管を酒精ランプにかざし、土鍋に粉の肥料を加へ、また罎のこやしを加へ、団扇でさましたこやしを蘚の湿地に撒き、顕微鏡をのぞき、そしてノオトに書き、じつに多忙であつた。

睡りに陥りさうになると私は深い呼吸をした。こみ入つた空気を鼻から深く吸ひいれることによつてすこしのあひだ醒め、ふたたび深い息を吸つた。さうしてるうちに、私は、霧のやうなひとつの世界に住んでゐたのである。そこでは私の感官がばらばらにはたらいたり、一つに溶けあつたり、またほぐれたりして、とりとめのない機能をつづけた。二助は丁度、鼻掃除器に似た綿棒でしきりに蘚の上を撫でてゐるところであつたが、彼の上つぱりは雲のかたちにかすみ、その雲は私がいままでにみたいろんなかたちの雲に変つた。土鍋の液が、ふす、ふす、と次第に濃く煮えてゆく音は、祖母がおはぎのあんこを煮る音と変らなかつたので、私は六つか七つの子供にかへり、私は祖母のたもとにつかまつて鍋のなかのあんこをみつめてゐたのである。——丁度二助がそばにやつてきたので、私はつとめて眼をあけた。二助は私の肩のタオルを彼の手ふきにも使ふために来たので、彼は熱心に手を拭いたのち、さつさと行つてしまつた。二助が机のそばに行つてしまふと、私の眼には机の上の蘚の湿地が森林の大きさにひろがつた。二助はふたたび綿棒をとつて森林の上を撫で、箒の大きさにひろがつた綿棒をノオトの上にはたいた。

それから二助が何をしたのかを私は知らない——私の眼には何もなく、耳にだけあんこの噴く音が来たのである。私が次に眼をあいたのは三五郎の不注意から私の頸に冷たいたちもの鋏が触れたためで、そのとき二助はしきりに顕微鏡をのぞいてゐた。

「蘚の花粉といふものは、どんなかたちをしたものであらう」私は心理作用を遠くに行かせないために、努めて学問上のむづかしいことを考へてみようとした。「でんでん虫の角のかたちであらうか」しかしぢき心は遠くに逃げてしまひ、私の耳は、二助のペンの音だけを際だつて鮮かにきいた。

「うつむきすぎては困る。また泣きだすのか」

三五郎の両手が背後から私の両頬を圧した。それはだんだん前屈みになつてゆく私の姿勢をなほすためであつたが、彼の右手はたちもの鋏を置かないままだつたので、鋏のつめたい幅がぴたりと私の頬を圧し、鋏の穂は私の左の眼にたいへんな刃物にみえてしまつた。私はたちまち立ちあがり、二助のそばに行つた。しかし二助のそばに立つたときもう私は睡くなつてゐた。私はただ睡いのである。それで、中腰になつて顕微鏡をのぞきながらノオトを書きつづけてゐる二助の背中に睡りかかつた。二助は姿勢を崩さないで勉強をつづけた。

「どうしたんだ。我儘は困る」と三五郎が言つた。「すこしだけだんだらが残つてゐるんだ。あと五分だけ我慢しろ」

「睡いんだね。夢でもみたんだらう」二助はやはりペンの音をたてながら言つた。「すこしくらゐの虎刈りは、明後日になれば消えるよ。ともかくおれの背中からとつてくれなければ不便だ。伴《つ》れてつて寝かしてやつたらいいだらう」

私は二助の背中から彼の足もとに移り、たたみに置いた両腕に顔をふせてただ睡つてしまひさうであつた。

「もう一つだけだんだらを消せば済むんだ。消してしまはう」

三五郎はそのために二助の足もとにきた。

私はそれきり時間の長さを知らなかつたが、そのうち三五郎の手で女中部屋に運ばれた。つめたい部屋に運ばれた時に、私はすつかり睡気からさめた。

三五郎はすでに寝床としてのべてあつた掛蒲団のうへに私を坐らせ、彼自身は私の机に腰をかけてゐて言つた。彼は組んだ脚の上に一本の肱をつき、そのてのひらに顔をのせてゐたので、抑えつけられた唇から無精な発音がでた。

「さつぱりした頭になつたよ。重さうでなくて丁度いい。頸の辺はむしろ可愛いくらゐだよ。明日は一助氏の鏡をもつてきて、二つの鏡で頸を映してみせてやらう。おやすみ」

三五郎は机から立ちあがり、また腰を下し、前とおなじ姿勢をとり、そして前とおなじ発音で言つた。

「今夜はたぶん徹夜だよ。二助がこやしを二罎ほど汲みだせと命じてゐるし、二助の蘚が今晩から恋をはじめたんだ。おれは徹夜で二助の助手をさせられるにちがひない。おやすみ」

しかし、三五郎はやはりてのひらに顔をのせてゐて、立ちあがらうとはしなかつた。しばらくだまつてゐたのちに、三五郎は頬杖を解いて腕ぐみになほし、腕の環に向つて次のやうなとりとめのないことを言つたのである。

「こんな晩には、あれだね、あのう、植物の恋の助手では、あれなんだよ。つまり、つまらないんだよ。しかし、あのう、じつはかうなんだ。蘚の恋愛つて、変なものだね。おやすみ」

彼はいきなり私の頸に接吻をひとつした。それから私を抱いたままで机に腰をかけ、私の耳にいつた。

「泣くんぢやないよ。今晩二助は非常に忙しいし、二助くらゐ女の子に泣かれるのを怖れてゐる人間はゐないからね。二助は泣いてばかしゐる女の子に失恋したことがあるんだ。それ以来二助は植物の恋愛ばかし研究してゐるし、女の子に泣かれるのは大きらひなんだ。今晩も町子に香水をかけてくれたり、タオルをかけてくれたりしたらう。二助は女の子には絶対に泣かれたくないんだよ。だから泣くんぢやない」

私は泣きだしさうではなかつたので、三五郎の胸のなかでうなづいた。

「しかし、女の子といふものは、こんな晩には、あとで一人になつてから、いつまでも泣いてるものではないのか。（私は三五郎の胸のなかで頭をふつた。私はあとで泣きさうな不安を感じなかつたのである）ならいゝけど、もし泣きだされると、二助はきつと恐怖して、どうしたんだときくからね。きかれたつて僕は訳をはなしたくない。こんなことがらの訳は、一助氏にも二助にも話さないでおいた方が楽しいにきまつてゐるだらう」

私は三五郎の胸のなかでうなづいた。それで三五郎は私の耳からすこし遠ざかつた。

「なんしろ二助は今晩蘚の恋愛の研究を、一鉢分仕上げかかつてゐるんだ。二助の机の上では、今晩蘚が恋をはじめたんだよ。知つてるだらう、机のいちばん右つ側の鉢。あの鉢には、いつも熱いくらゐのこやしをやつて二助が育ててゐたんだ。熱いこやしの方が利くんだね、今晩にわかにあの鉢が花粉をどつさりつけてしまつたんだ。蘚に恋をはじめられると、つひ、あれなんだ、つまり——まあいいや、今晩はともかくそんな晩なんだ。僕は蘚の花粉をだいぶ吸つてしまつたからね。

ともかくいちばん熱いこやしが、いちばん早く蘚の恋情をそそることを二助は発見したんだ。熱くないこやしと、ぬるいこやしと、つめたいこやしとをもらつてゐるあとの三つの鉢は、まだなかなか恋をする様子がないと二助は言つてゐたよ。町子は二助の論文をよんだことがあるか。（この問ひに対して、私は、かすかに、自信のない頭のふりかたで答へた）さうか。しかし僕は町子も一度よんでみた方がいいと思ふ。二助の机の上にノオトが二つあるだらう。一つが二十日大根の論文で一つが蘚の論文なんだ。二十日大根の方は序文がおもしろいだけで、本論の方はさうおもしろくない。蘚の方はとてもおもしろいから僕はときどき読むことにしてあるんだ。植物の恋愛がかへつて人間を啓発してくれるよ。二助氏は卒業論文に於てはなかなか浪漫派なんだ。ただ僕にしよつちゆうこやしの汲みだしを命じるから困る。汲みだしといへば僕なんだ。仕方がないから僕は垣根のすつぱい蜜柑をつづけさまに二つもたべてから汲みだしをやるんだ」

しかし、私はさつき三五郎の胸のなかで嘘をひとつ言つた。私は、もう以前から二助の論文のノオトを二つとも読んでゐたのである。「荒野山裾野の土壌利用法について」といふのが二十日大根の方の研究で、その序文は二助の抒情詩のやうなものであつた故に私の心を惹き、「肥料の熱度による植物の恋情の変化」（これが蘚の研究であつた）は、私のひそかな愛読書となつてゐた。

けれど私はそれ等の論文をよんだことを、何となく三五郎に打ちあけてしまふことができなかつた。蘚の論文は、丁度、よんだことを黙つてゐたい性質の文献で、「植物ノ恋情ハ肥料ノ熱度ニヨリテ人工的ニ触発セシメ得ルモノニシテ」とか、「斯《か》クテ植物中最モ冷淡ナル風丰《ふうぼう》ヲ有スル蘚ト雖《いへど》モ遂ニソノ恋情ヲ発揮シ」とか、「コノ沃土ニ於ケル蘚ノ生殖状態ハ」などといふ箇処によつて全文が綴られてゐたのである。

二十日大根の序文は、これはまつたく二助の失恋から生れた一篇の抒情詩で、

「我ハ曾《か》ツテ一人ノ殊ニ可憐ナル少女ニ眷恋《けんれん》シタルコトアリ」といふ告白からはじまつてゐた。「噫《ああ》マコトニ泪多キ少女ナリキ。余ノ如何ナル表情ニ対スルモ常ニ泪ヲ以テ応ヘ、泪ノホカノ表情ニテ余ニ接シタルコトアラズ。哀シカラズヤ、余ハ少女ノ泪ヲ以テ、少女ガ余ニ対スル情操ノ眼瞼ヨリ溢ルルモノト解シタルナリ。サレド少女ニハ一人ノ深ク想ヘル人間アリテ、ソハ余ノホカノ青年ナリキ。而ウシテ少女ノ泪ハ、少女ガ余ノ悲恋ヲ悲シム泪ナリキ。余ハ少女ノ斯《かか》ル泪ヲ好マズ。乃チ漂然トシテ旅ニ出ズ。

余ハ荒野山三合目ノ侘シキ寺院ニ寄寓シ、怏々トシテ楽マズ。加フルニ山寺ノ精進料理トイフモノハ実ニ不味ニシテ、体重ノ衰フルコト二貫匁ニ及ビタリ。

一日麓ノ村ヨリ遙々《はるばる》余ニ面会ヲ求メ来レル一老人アリ。彼ハ荒野村ノ前々村長トカニテ、彼ハ白面ノ余ヲ途方モナキ学究ト誤認シ、フトコロヨリ一個ノ袋ヲ取り出ダシテ余ノ面前ニオキ、礼ヲ厚クシテ余ニ一ツノ懇願ヲ提出セリ。袋ノ中味ハ黄色ツポイ土ニシテ、老人曰ク、コハ荒野山裾野ノ荒蕪地ナリ。貴下ハ肥料学御専攻ノ篤学者ニアラセラルル由、何卒貴下ノ御見識ニテ裾野一帯ノ荒蕪地ヲ沃土ト化サシメ給ヘ。ワガ裾野一帯ハ父祖ノ昔ヨリ広漠タル痩土ニシテ、桑ハ固ヨリ、大根モ牛蒡《ごぼう》モ稗モ実ラヌ荒蕪ノ地ナリ。先年村民合議ニヨリ、先ヅ稗ノ種子ヲ撒キテ稗ヲ実ラセ、実リタル稗ニ鳥雀ノ類ヲヨビヨセ、鳥雀ノ残シユク糞ニテ荒野ヲ沃土ト化サム決議イタシ、第一着手トシテ稗ノ種子幾石ヲ撒キタレド、アア、稗ノ芽モ出ネバ烏雀ノ類モ集ラズ、稗ノ種子幾石ハ空シク痩土ニ委シタル次第ナリ。モシ貴下御専攻ノオ力ニヨリテ、ヨキ肥料御教示ヲ給ハランニハ、ワガ歓ビ如何バカリナラン。村民共ノ歓喜、アア、如何バカリニ候ハン。ヨキ智恵ヲ垂レ給へ。猶《なほ》願クバ村民一同ニ一場ノ御講演ヲモ給ハリタク、御研究ニテ御多忙ノ折カラ、万一御承諾ヲ得タラムニハ、老人コレヨリ馳セ帰リテ村内ニフレ廻り、折返シオ迎ヘノ若者ヲモ差シツカハシ申スベシ。枉《ま》ゲテ御承諾ヲ給へ。

余ハ茫然トシテ、老人ノ紋ツキ羽織ニ見トルルコトシバラクナリキ。

ソノ日、余ハ宵闇ニマギレテ侘シキ山寺ヲ出発セリ。住職ハ余ノ村人ニ発見サルルヲ気ヅカヒテ、余ニ隠簑ノ如キ一枚ノ藁製ノ外套ヲ借与ス。余ハコノ外套ヲ頭ヨリ被リテ村ヲ抜ケ、村ハヅレノ柿ノ木ニ尊キ外套ヲ懸ケオキタリ。

余ガ東京ノ下宿ニ着キタル時ハ、恰《あたか》モ小野一助ガ彼ノ下宿ヨリ来リテ余ヲ待チタル時ニ相当シ、一助ハ余ニ一週間ノ入院ヲ強請セリ。余ハ憤然トシテぽけつとヨリ土袋ヲ取リイダシ、荒蕪地ヲ沃土ニ変ヘム決心ヲ為シタリ。余ハ仮令《たとひ》失恋シタリトハイヘ、分裂病院ニ入院スル必要ヲ毫《がう》モ認メザルナリ。

其後一助ハ佐田三五郎ニ命ジテ、廃屋ニモ等シキ一個ノ家ヲ借リウケ、一助、余、三五郎ハ、各々下宿生活ヲ解キテ廃屋ノ住者トナル。余ハワガ居室ノ床ノ間ヲ大根畠ニ仕立テ、荒野山麓ノ痩土ニ種種ノ肥料ヲ加ヘテ二十日大根ノ栽培ニ努ム。ソノ過程ハ本論ニ於テ述ベムトス。序論終リ」

さて、私は二助の論文のことでいくらか時間をとつてしまつたけれど、私はここでもとの女中部屋の風景に還らなければならないであらう。

女中部屋の机の上では、やはり三五郎と私とがゐて、三五郎の膝の上での私の心理は、私がすでに二助の抒情詩をよんだことと、そして蘚の論文をもよんでゐたことを、三五郎にだまつてゐたい心理であつた。これはまことに若い女の子が祖母や兄や従兄に対して持ちたがる心理で、私はすでに蘚の花粉などの知識を持つてゐたことをやはり自分一人のひそかな知識としておいて、三五郎には蔽つておきたかつたのである。

二助の部屋の臭ひが廊下にながれ、茶の間を横ぎり、台所にきて、それから女中部屋の私たちを薄く包んだ。しづかな晩であつた。

三五郎はしづかな声でいつた。

「しかし、垣根の蜜柑もいくらかうまくなつたよ。おやすみ」

三五郎はふたたび私に接吻をした。それから私を掛蒲団の上におき二助の部屋に出かけた。

これは私が炊事係になつて以来はじめての接吻であつた。しかし私は机に肱をつき、いまは嘘のやうに軽くなつてしまつた私の頸を両手で抱え、そして私は接吻といふものについて考へたのである。——接吻といふものは、こんなに、空気を吸ふほどにあたりまへな気もちしかしないものであらうか。ほんとの接吻といふものはこんなものではなくて、あとでも何か鮮かな、たのしかつたり苦しかつたりする気もちをのこすものではないであらうか。

三五郎と私との接吻は、十四の三五郎が十一の私に与へた接吻とあまり変りのないものであつた。十四の三五郎と十一の私とは、祖母が檐下《のきした》に干してゐた一聯のつるし柿をほしかつたので、三五郎は私を肩ぐるまにのせ、私が手をのばしてうまくつるし柿を取ることができた。そのとき三五郎は胸いつぱいにつるし柿を抱えてゐる私を地上におろし、歓喜のあまり私に接吻をしたのである。それから十七の三五郎が祖母の眼の前で十四の私に接吻をしたとき、祖母はいつた。ああ、仲のよい兄妹ぢや、いつまでもこのやうに仲よくしなされ。——三五郎と私とは、幼いころからいつたいにこんな接吻の習慣をもつてゐたのである。

私たちの家族が隣人をもつたのは、佐田三五郎が私の髪をきつてしまつた翌日のことであつた。その朝、私はまづ哀愁とともに眼をさました。台所から女中部屋にかけて美髪料を焦がした匂ひが薄くのこり、そして私を哀愁にさそつたのである。もし祖母がゐたならば、祖母は私のさむざむとした頸に尽きぬ泪をそそいだであらう。そして祖母は頭髪をのばす霊薬をさがし求め、日に十度その煎薬で私の頭を包むであらう。

私は祖母の心を忘れるために朝の口笛が必要であつた。口笛を吹き吹き、私は釘から一枚の野菜風呂敷をはづし、机の上の立鏡に向つて頭を何でもない風にかくす工夫をめぐらした。しかし、私の口笛は心の愉しいしるしとして三五郎の耳にとどいたやうである。三五郎は彼の部屋から私のコミツクオペラに朝の伴奏を送つてよこした。彼はもともと佗しい音程をもつた彼のピアノをなるたけ晴れやかにひびかせるために音程の狂つた箇処を彼自身の声楽で補つた。この伴奏のために私達の音楽はいつもよりずつと愉しさうな音いろを帯び、そして意外な反響を惹きおこした、小野二助の部屋から、二助自身の声楽が起つたのである。二助は私達といつしよになつて早朝のコミツクオペラをうたひだした。これはまことに思ひもかけない出来ごとで、私が二助の音楽を聴いたのはこの朝が最初であつた。しかし、私は、なんといふ楽才の兄を持つてゐたことであらう。私は口笛をやめ、野菜風呂敷を安全ピンで頭に止めようとしてゐた作業をやめて二助の声に耳をかたむけないわけに行かなかつた。二助のコミツクオペラは家つきの古ピアノの幾倍にも佗しく音程が狂ひ、葬送曲にも似た哀しさを湛へてゐたのである。しかし、二助自身はなかなか愉しさうな心でうたひつづけた。三五郎が急に伴奏をやめても、二助は独唱でうたひつづけた。伴奏がなくなると、二助のうたつてゐる歌詞は彼の即興詩であることがわかつた。「ねむのはなさけば、ジヤツクは悲しい」とうたはなければならないところを、二助は「こけのはなさけば、おれはうれしい、うれしいおれは」などとうたつてゐた。

私は伴奏をやめてしまつた三五郎の心理を解りすぎるくらゐであつた。伴奏を辞退した彼は、ピアノに肱をつき、二助が音楽の冒瀆を止めるのを待つてゐることであらう。私も女中部屋でおなじ心理を持つてゐた。

独唱がやんだと思ふと二助は彼の部屋から三五郎に話しかけた。

「植物の恋愛で徹夜した朝の音楽といふものは、なかなかいいものだね。疲れを忘れさしてよろこびを倍加するやうだ。音楽にこんな力があるとは思はなかつたよ。僕もこれからときどき音楽を練習することにしよう。五線のうへにならんでるおたまじやくしは、何日くらゐで読めるやうになるものだい。二週間あればたくさんだらう。二つめの鉢が恋愛をはじめるまでに二週間ある予定だから、そのあひだに僕はおたまじやくしの研究をしよう」

三五郎は返事のかはりにピアノをひどくかき鳴らし、それから別のオペラを弾きはじめた。彼は二助のあまり知らないやうな唄を選んだにも拘らず、この朝の二助は決してだまつてゐなかつた。二助はひどい鼻音の羅列でピアノについてきたのである。こんな時間のあひだに私はもはや祖母の哀愁を忘れ、そしてむろん合唱の仲間に加はつた。

早朝の音楽はつひに小野一助の眼をさました。一助は、彼の部屋で、眼をさましたしるしに二つばかり咳をし、それから呟いた。

「じつに朝の音楽は愚劣だ」

一助はさらに咳を二つばかり加へた。

「今日はいつたい何の日なんだ。みんな僕の病院に入れてしまふぞ。僕はまだ一時間十五分も睡眠不足をしてゐる」

三人のうち誰も合唱をよさなかつたので、一助はいくらか声を大きくした。

「三人のこらず僕の病院に入れてしまひたいな。三五郎、ピアノをよして水をいつぱい持つてきてくれ。食塩をどつさり入れるんだ。朝つぱらの音楽は胃のために悪いよ。君たちの音楽は、ろくな作用をしたためしがない」

三五郎が台所で食塩水の支度をしてゐるあひだに、一助と二助とは部屋同志で話をはじめた。二人とも寝床にゐる様子であつた。それで三五郎はコップの水を持つたまま私の部屋に道よりした。三五郎は女中部屋の入口でコップの水を半分ばかりのみ、それから私の机にきて腰をかけた。徹夜のためであらう彼はよほど疲れてゐて、憤りつぽい顔でほとんど机いつぱいに腰をかけ、そして無言であつた。私は二本の安全ピンで野菜用の風呂敷を頭にとめたままこの作業を中止してゐたため、風呂敷ののこつた端は不細工なありさまで私の肩に垂れ、幾本かの安全ピンは三五郎のお尻のしたに隠されてしまつた。私は一時も早く安全ピンを欲しいと思つてゐるにも拘らず、三五郎は私の安全ピンを遮つてゐる事実をすこしも知らないありさまで、彼はただ膝のうへのコップをながめ、そしてときどきまづさうにコップの塩水をなめた。三五郎の様子では、彼はどうもまた国へいつて百姓をすることでも考へてゐるやうであつた。この想像は、私にしぜん遠慮がちなためいきをひとつ吐《つ》かせてしまつた。すると三五郎ものみかかつてゐたコップに向つて、よほど大きいためいきをひとつ吐いた。

こんな時間のあひだに、一助と二助とは彼等同志の会話をすすめてゐた。一助はもはや音楽の悪い作用のことや、食塩水のことも忘れはてた様子で、たいへん熱心に話しこんでゐた。

「人間が恋愛をする以上は、蘚が恋愛をしないはずはないね。人類の恋愛は蘚苔類からの遺伝だといつていいくらゐだ。この見方は決してまちがつてゐないよ。蘚苔類が人類のとほい祖先だらうといふことは進化論が想像してゐるだらう。そのとほりなんだ。その証拠には、みろ、人類が昼寝のさめぎわなどに、ふつと蘚の心に還ることがあるだらう。じめじめした沼地に張りついたやうな、身うごきのならないやうな、妙な心理だ。あれなんか蘚の性情がこんにちまで人類に遺伝されてゐる証左でなくて何だ。人類は夢の世界に於てのみ、幾千万年かむかしの祖先の心理に還ることができるんだ。だから夢の世界はじつに貴重だよ。分裂心理学で夢をおろそかに扱はない所以は――」

一助があまり夢中になりすぎたので、二助はひとつの欠伸で一助の説を遮り、そしていつた。

「蘚になつた夢なら僕なんかしよつちゆうみるね。珍らしくないよ。しかし、僕なんかの夢はべつに分裂心理学の法則にあてはまつてゐないやうだ」

「どんな心理だね、その蘚になつたときの心理は。いろいろ参考になりさうだ。委しくはなしてみろ」

「しかし、言つたとほり、僕はべつに分裂医者の参考になるやうな病的な夢はみないつもりだ。それより僕は徹夜のためじつに睡くなつてゐる」

「僕だつて睡眠不足をがまんして訊いてるんだ。分裂心理学では、人間のあらゆる場合の心理が貴い参考になるんだぞ。いつたい二助ほど分裂心理の参考にされるのを厭ふ人間はゐないやうだ。それも一種の分裂心理にちがひない」

「そんな見方こそ分裂心理だよ。人間を片つぱし病人扱ひにするのはじつに困つた傾向だ」

「みろ、そんな見方こそ分裂心理といふものだ。ひとの真面目な質問に答へようとはしないでただ睡ることばかしを渇望してゐる。僕の病院にはそんな患者がどつさり入院してゐるよ。こんなのを固執性といふんだ」

「いくら病名をおつ被せようとしても僕は病人ではないぞ。そのしるしには、僕はどんな質問にでも答へてやれる。僕は何を答へればいいんだ」

「さつきも訊いたとほり、小野二助が蘚になつた夢をみたときの、小野二助の心理を、誇張も省略もなく語ればいいんだよ」

「どうも、心理医者くらゐものごとを面倒くさくしてしまふものはゐないやうだ。こんな家庭にゐることは、僕は煩瑣だ。下宿屋の女の子は年中僕の前で泣いてばかしゐたにはゐたが、心理医者ほど僕を苦しめはしなかつたと思ふ。僕はいつそ荷物をまとめて、あの下宿屋にまひ戻らうかしら」

「変な思ひ出に耽るんぢやない。僕はもうさつきからノオトとペンを用意して待つてゐるんだぞ。あまり早口でなく語つてみろ」

「僕は、ただに、もとの下宿に還りたくなつた。そこには、僕の——」

「いまだにそんな渇望をもつてゐるくらゐなら、即日入院しろ。僕が受持になつて、下宿屋の女の子のことなんか一週間で忘れさしてやるとも。丁度第四病棟の四号室があき間になつてゐる。昨日までやはり固執性患者のゐた部屋だ」

「僕はあくまで病人ではないぞ。蘚や二十日大根をのこしておいて僕がのんきに入院でもしてみろ。こやしは蒸れてしまふし、植物はみんな枯れてしまふにちがひない」

「もし二助が健康体なら、この際僕にさつさと夢の心理を語るはずだよ」

「語るとも。かうなんだ。僕が完全な健康体としてしよつちゆうみる蘚の夢といふのは、ただ、僕自身が、僕の机のうへにある蘚になつてゐる夢にすぎないよ。だから僕は人類発生前の、そんな大昔の、人類の御先祖に当るやうな偉い蘚の心理には、夢の中でさへ還つたためしがない。それだけの話しだよ。僕はもう睡つてもいいだらう」

「もつと、ありつたけを言つてしまふんだ。どうも二助の識閾下には、省略や隠蔽の悪癖が潜んでゐるにちがひない」

「僕は、僕の識閾下の心理にまで責任をもつわけにはいかないね。じつに迷惑なことだ」

「だから識閾下の問題は僕がひき受けてやるよ。それで、いま僕の知りたいのは、さつきから幾度となくきいてゐるとほり、二助が蘚になつてゐる夢の中の蘚の心理だ。隠蔽しないで言つてみろ。僕の病院では、隠蔽性患者の共同病室だつてあるんだぞ。十六人部屋で、野原のやうにひろい病室なんだ。たしか寝台が二つほどあいてゐたと思ふ」

「僕はそんな寝台に用事のないしるしに、夢の心理をはなすよ。いいか。僕は、僕の机のうへの、鉢のなかの蘚になつてゐるんだ。だから小野二助といふ人物は、僕のほかに存在してゐるんだ。そして僕は、ただ、小野二助が僕に熱いこやしをどつさりくれて、はやく僕に恋愛をはじめさしてくれればいいと渇望してゐるのみだよ。そのほかの何でもありやしないよ。僕はただ、一刻もはやく恋愛をはじめたいだけだよ」

「それから」

「そして眼がさめると、僕はもとの小野二助で、蘚は二助とは別な存在として二助の机の上にならんでゐるんだ。僕の夢についてはこれ以上語る材料がないから僕はもう寝る。これ以上に質問はないだらう」

「あるとも。次の質問の方が貴重なくらゐだ」

「僕はいつそ女中部屋に避難したいくらゐだ。迷惑にもほどがある。今日は午後一時から肥料の講義をききのがしてはならない日だ。僕は肥料のノオトだけにはブランクを作りたくない」

「じつはかうなんだ。僕の病院に――」

「僕はどんな病室があいてゐたつて一助の病院に入院する資格はもつてゐないぞ」

「入院のことでないから安心しろ。じつはかうなんだ。僕の病院に、よほどきれいな――(一助はここでよほどしばらく言葉をとぎらした)――人間がひとり入院してゐるんだよ」

「その人間は、男ではないだらう」

一助は返辞をしなかつた。

このとき、女中部屋では佐田三五郎がコップの塩水をかなり多量に一口のみ下し、そして三五郎は私にいつた。

「僕はじつに腹がすいてゐる。何かうまいものはないのか」

私ははじめて解ることができた。今朝からの三五郎の不機嫌はまつたく空腹のためであつた。

私は女中部屋の窓の戸をあけ、窓格子のあひだから外にむかつて手をのばした。私の手が漸く生垣の蜜柑にとどいたとき三五郎はいつた。

「蜜柑は昨夜のうちに飽食した。僕はいま胃のなかがすつぱすぎてゐるんだ。僕と二助とはどうも蜜柑の中毒にかかるにちがひない。こんどから、二助が徹夜を命じたら炊事係も徹夜しなければ困る。徹夜くらゐ腹のすくものがあるか。何かうまいものはないのか」

私はくわゐの煮ころがしがいくつか鍋にあることを思ひだしたので、台所に来た。そしてつひに鍋は見あたらなかつた。

「何かないのか」

私は炊事係として途方にくれた。昨夜の御飯がいくらかのこつてゐるはずの飯櫃《めしびつ》さへもなくなつてゐたのである。

「そんなものはむろん昨夜のうちに喰べてしまつたよ。あの飯櫃はよほどながく大気のなかにさらして、中の空気を抜かないとだめだ。二助の部屋にすこしでも置いたものは、何でもさうだ。何かうまいものはないのか」

私は戸棚をさがして漸く角砂糖の箱と、お茶の鑵をひとつ取りだすことができた。私の台所には、そのほかにどんな食物があつたであらう。お茶の鑵のなかには二枚の海苔がはいつてゐた。

三五郎は角砂糖をたべては塩水をのみ、海苔をたべては塩水をのんだ。彼はずゐぶんまづさうな表情でこの行動をくり返した。

こんな時間のあひだに、一助と二助はふたたび会話をはじめた。

「この際睡つてしまはれては困る」と一助がいつた。「僕はぜひ今朝のうちにきいておきたい質問をもつてゐるんだ。もうすこしだけ我慢できるだらう」

二助は返辞しなかつた。

「睡つてしまつたのか」一助はいくらか声を大きくした。

「僕は睡るどころではない。さつきも訊いたとほり、その人間は男ではないだらう」

「そんな興味はよした方がいいだらう。悪癖だよ。話の中途で質問されることは僕は迷惑だ」

「一助氏こそ隠蔽癖をもつてゐるやうだ。僕は睡ることにしよう」

「睡られては困るよ、じつはかうなんだ、その人間は男ではない患者で、蘚のやうにひつそりしてゐて、僕の質問に決して返辞をしないんだ」

「その質問はどんな性質のものか、やはりききたいね」

「それあ、いろいろ、医者として、治療上の質問だとも。治療以外のことで僕はその患者に質問したためしがない。二助はどうも穿鑿性《せんさくせい》分裂におちいつてゐるやうだ。主治医と患者のあひだの問答は当事者二人のあひだの秘密であつて、二助の穿鑿はじつに迷惑だ」

「そんなおもしろくない話に対しては、僕はほんとに寝てしまふぞ」

「じつはかうなんだ」一助は急に早口になつた。「その患者は僕に対してただだまつてゐて、隠蔽性分裂の傾向をそつくり備へてゐるんだ。これは、よほど多分に太古の蘚苔類の性情を遺伝されてゐるにちがひない。典型的な蘚の子孫にちがひない」

「平気だよ。種がへりしたんだ。僕は動物や人間の種がへりの方はよく知らないが、なんでも、いつか、何処かで、尻尾をそなへた人間が生れたといふぢやないか。医者がその尻尾をしらべてみたら、これはまつたく狐の尻尾であつて、これは人間が進化論のコオスを逆にいつたんだといふ。じつにうなづけるぢやないか。人間が狐に種がへる以上は、人間の心理が蘚に種がへるのも平気だよ」

「僕は平気ではないね。なぜといつて、よく考へても見ろ、主治医が病室にはいつていつても、笑ひも怒りもしないんだよ。僕はまるで自信をなくしてゐる」

「泣きもしないのか」

二助の質問はたいへん乗気であつたのに対して、一助はひどくしよげた答へかたをした。

「泣いてくれるくらゐなら、僕はいくらかの自信を持ち得たらうに」

「しかし、泣く女の子には、あらかじめ決して懸念しない方がいいね。ひとたび懸念してしまふと忘れるのになかなかの月日が要るものだし、そんな月日の流れはじつにのろいものだよ。僕は――」

二助の会話はしだいに独語に変り、ききとれない呟きはしばらくつづいた。

一助は二助の呟きに耳をかたむけてゐる様子であつたが、しばらくののち彼は急いで二助の呟きを遮つた。

「そんな推測は僕には必要ではない。決して必要ではない。僕はただ、一人の主治医として患者に沈黙されてゐることが不便なだけだ。僕たちの臨床では、主として主治医と患者との問答によつて病気をほぐして行くんだ。そこにもつてきて患者に沈黙されることは、主治医としてよほどの痛手ではないか。察してもみろ、患者が識閾の下で何を渇望してゐるかを知る手段がないのだぞ。そこにもつてきて、主治医以外のもう一人の医員がいふには、これはおお、何といふ典型的な隠蔽性分裂だ！　僕もこの患者を研究することにしよう！　といつたんだ。しかしこれは口実にきまつてゐる。そのしるしには、あいつはしばしば僕の患者にむかつて、ひとつの質問をくり返してゐるんだ。もう長いことくり返してゐるんだ。この質問は治療上にはちつとも必要のない質問で、患者をくるしめるに役だつ質問なんだ。僕にしろ、こんなおせつかいをされたくない。患者がたつた一度だけ口をひらき、そしてあいつにむかつて拒絶してくれたら、僕はじつに安心するだらうに」

「女の子といふものは、なかなか急に拒絶するものではないよ。拒絶するまでの月日をなるたけ長びかせるものだよ。あれはどういふ心理なんだ、僕は諒解にくるしむ」

「僕の場合は病人だから、健康体の女の子とおんなじに考へられては困る。非難は医員のやつに向けろ。あいつは主治医のゐないときに限り病室にはいつて行くんだぞ。悪癖にもほどがある。僕はいづれあの医員の分裂心理もほぐしてやらなければならないだらう。

それで、主治医にしろ、自分の患者をだらしのない医員に任しておくわけにはいかないだらう。だからあいつが病室にはいつて行くたびに、主治医も病室に行くんだ。するとあいつは手帖にむかひ、鉛筆をなめるふりをしてゐるんだ。その手帖は、じつに主治医の関心にあたひする手帖で、主治医はあいつの手帖をみてやりたいんだ。じつに見てやりたいんだ。しかしあいつは手帖を一度だつてポケツトのそとに置きわすれたためしがない。そのくせあいつは主治医が病室に持つてきた診察日記を主治医の手からとりあげ、よほど深刻な表情でしらべるんだ。これはあいつが主治医と患者とのあひだの心の進展をしらべるためなんだ。

僕の病院では、毎日こんな日課がくり返されてゐる。僕は、毎日がまるでおもしろくない」

「そんなとき、人間はあてどもない旅行に行きたいものだよ」

「僕は、むしろ、あてどもない旅行に行きたい」

「僕は家族の一人にそんな旅行に行かれることを好まないね。のこつた家族は、たれ一人として勉強もできないにきまつてゐる」

「僕にしろ、二助の旅行中には本を一ペエヂもよめなかつた。診察日記もかけなかつたほどだ。僕はそれをがまんしてきたんだぞ。こんどは二助ががまんしろ」

「ともかく、一度患者の女の子にものを言はせて見ろ。そのとき、女の子の返辞が受諾なら、あてどもない旅行に行かなくてもいいだらう」

「そんな幸福を、僕は、思つて見たためしがない。僕は旅行に行つてしまはう」

「被害妄想はよせ。そんな被害性分裂におちいつてゐると、却つて一助氏を病院に入れてしまふぞ。旅行に行くのは拒絶された上でたくさんだ。そのときは荒野山のお寺に行くといいね。僕はお寺の坊さんに紹介状をかくことにしよう。あのお寺は精進料理だけど、庫裡《くり》の炉のそばに天井から秤を一本つるしてあつて、体重をはかるに不便しないからね。精進料理といふものは、どうも日課として体重をはからせたくするやうだ」

「それは料理のせゐではなくて失恋のせゐだよ。失恋者といふものは、当分のあひだ黙りこんで肉体の瘦せていく経路をながめてゐるものだよ」

「はじめ、秤の一端に手でつかまつてぶらさがつたとき、いくらか塩鮭になつたやうな気がするが、向ふの一端では坊さんが分銅をやつたり戻したりして、じつに長い時間をかかつて、正確に体重をはかつてくれるよ。丁度ぶらさがつてゐるとき炉の焚火がいぶつて、燻製の鮭の心境を味はふこともできるよ。それからその鮭をたべたくなるんだ。あれは僕の心理が、鮭の心理と、小野二助の心理と二つに分裂するにちがひない。

それから、麓の村から一人の老人がたづねてくるにきまつてゐるからね、僕は一助氏に伝言をひとつ托することにしよう。荒野山の裾野の土壌は絶望です、と伝へてほしい」

「この際絶望といふ言葉はよくないだらう。僕ならもうすこしのぞみのありさうな言葉を選ぶつもりだ。縁喜のわるいにもほどがある」

「言葉だけかざつても仕方がないよ。あの裾野の土壌は、ただ地球の表面をふさいでるだけで、耕作地としては絶望だよ。僕の二十日大根がこんなに育つたのは、裾野の土のせゐではなくて、僕の調合したこやしのせゐだからね。僕はあの老人の参考のために、一助氏に処方箋を一枚托することにしよう、僕の調合したこやしの処方箋を。そしたらあの老人は僕の調合したこやしがどんなに高価なものかを知つて、裾野の利用法をあきらめるにちがひない」

「僕は山寺にゆくことをよさう。老人は裾野の土地を愛してゐるんだ。何をもつてしてもあきらめきれない心理で愛してゐるんだ。僕はそんな老人の住む土地に出かけていつて、同族の哀感をそそられたくないよ」

「僕の調合した処方箋で、老人がなほあきらめをつけない様子だつたら、一助氏は老人を診察する必要があるよ。したがつて氏はぜひお寺に出かけなければならないわけだ。老人は、どうも偏執性分裂をもつてゐるよ。ともかく僕は二十日大根の研究をうち切ることにしよう。大根畠をとりはらつて、床の間には恋愛期に入つた蘚の鉢をひとつづつ移していくんだ。僕はさうしよう。僕はうちの女の子に大根畠の掃除を命じることにしよう。僕の勉強部屋は、ああ、蘚の花粉でむせつぽいまでの恋愛部屋となるであらう。

二十日大根のノオトは、どうも卒業論文にあたひしないやうだ。卒業論文にしろ恋愛のある論文の方がおもしろいにきまつてゐる。さて僕は睡ることにしよう」

「僕は、今朝から、まだ早朝のころから、じつに貴重な質問をききのこしてゐる」一助はひどく急きこんでいつた。「かうなんだ、あれほどにおもい隠蔽性患者は、十六人部屋に移して共同生活をさした方がいいんだが、患者自身が決して一人部屋から出やうとしないんだ。あれは、やはり、人間の祖先であつた太古の蘚苔類からの遺伝であつて、蘚苔的性情を遺伝された人間といふものは、いつもひとところにじつと根をおろしてゐたい渇望をもつてゐるんだ。じつに困る。一人部屋は主治医にとつて都合がいいが、同時にもう一人の医員にとつても都合がいいんだよ」

「どうも、恋愛をしてゐる人間といふものは、話をその方にばかり戻したがつて困る。むしろ女の子を退院させろ」

一助は返辞のかはりとして深いためいきをひとつ吐いた。それで二助は次のやうにいつた。

「僕はのろけ函をひとつ設備することにしよう。僕の友だちに一人の男がゐて、彼はとても謹厳な男なんだぞ。その部屋にはのろけ函といふ函をひとつそなへてあるんだ。一度金を入れたら、決して金の還つてこない函なんだぞ。訪問者のはなしの性質によつては五十銭玉を二つでも入れなければならない意味の函なんだ。僕の友だちは絶えずこの函を鍵であけ、それから映画館に行くことにしてゐる。そして彼は一年中映画女優に恋愛をしてゐるんだ」

「彼の罰金は、何処ののろけ函に入れるのか」

「僕の友だちは、肉体をそなへた女に恋愛をするのは不潔だといふ思想なんだ。だから映画の上の女優に恋愛をしても罰金はいらないにきまつてゐる」

「どうもその男はすばらしい分裂をもつてゐるやうだ。僕はぜひその男を診察することにしよう。今日のうちにその男を僕の病院につれてきてくれないか」

「僕は年中こやし代に窮乏してゐる。僕はのろけ函の収益でこやしを買ふことにしよう」

「僕の質問は学問に関する質問であつて、まるでのろけ函にあたひしない質問なんだ。僕はいよいよきくことにしよう。かうなんだ、昨夜二助が徹夜をして一鉢分をしあげた蘚の恋愛は、どんな調子のものだらう。僕が非常に委しく知りたいのはこの問題なんだ。僕は蘚にそつくりの性情をもつた患者の、不幸な主治医だらう。それで、僕は蘚の恋愛を僕の患者の治療の参考にしたいと思ふのだが、やはりあれだらうか、二助の机のうへの蘚は、隠蔽性を帯びた黙つた恋愛をしたり、二人のうちどつちを恋愛してゐるのか解らないやうな分裂性の恋愛をしたであらうか」

「僕の蘚は、まるで心理医者の参考になるやうな恋愛はしないよ。僕の蘚はじつに健康な、一途な恋愛をはじめたんだ。蘚といふものはじつに殉情的なものであつて、誰を恋愛してゐるのか解らないやうな色情狂ではないんだ。こじつけにもほどがある」

「ああ、僕は治療の方針がたたなくて困る。二助の蘚はA助とB助のうち、しまひにA助の方だけを恋愛してゐたことが解るやうな、そんな方法はないのか。あつたら実験してみてくれないか。そしたら僕は二助の方法を僕の患者に応用することが出来るんだ」

「みろ、僕の部屋は蘚の花粉でむせつぽいほどだ。これは蘚が健康な恋愛をしてゐるしるしで、分裂心理なんか持つてゐないしるしなんだ」

「二助は蘚の分裂心理を培養してみてくれないだらうか。熱いこやしとつめたいこやしをちやんぽんにやつたら、僕の治療の参考になる蘚ができないだらうか」

「なんといふことを考へつくんだ。僕がそんな異常心理をもつた蘚を地上に発生させるとは、もつてのほかだ。ひとたび発生さしてみろ、その子孫は、彼等の変態心理のため永久に苦しむんだぞ。僕は一助氏一人の恋愛のために植物の悲劇の創始者になることを好まない。まるでおそろしいことだ。僕は睡ることにする」

「こんな際にねむれるやつはねむれ。豚のごとくねむれ。ああ、僕は眼がさめてしまつた」

一助の深い歎息とともに会話は終りをつげた。

一助と二助の会話はよほどながい時間にわたつたので、このあひだに私は朝飯の支度を終り、金だらひの底をもみがくことができた。そして三五郎はもう以前に私の部屋で深い睡りに入つてゐたのである。

一助はもう朝の食事をしなければならない時刻であつたが、彼は起きてくる様子はなくて、彼の部屋からは幾つかの重い息が洩れてきた。最後に彼は小さい声で独語をひとつ言ひ、それから家中がひつそりした。

「僕は治療の方法をみつけることができなかつた。ああ、ひと朝かかつてみつけることができなかつた。僕は今日病院を休んでしまはう」

このとき、私の勉強部屋は三五郎の寝室として使はれてゐたので、私は本を一冊茶の間にもちだし食卓の上で勉強してゐた。しかし私の頭工合は軽いのか重いのか私にもわからない気もちで、私は絶えず頭を振つてみなければならなかつた。そして読書はなかなかはかどらなかつたのである。私の頭髪は長い黒布で幾重にも巻きかくされ、黒布の両端はうしろで結びさげにしてあつて、丁度私の寒い頸を保護するしかけになつてゐた。しかし、私の頭は何と借りものの気もちを感じさせるのであらう。——私はいくたびか頭をふりそして本はいつまでもおなじぺエヂを食卓のうへにさらしてゐた。私はちつとも勉強をしないで、却つて失恋についての考察に陥つたのである。

私の頭を黒いきれで巻いたのは佐田三五郎の考案であつて、彼は角砂糖と海苔とでいくらか徹夜のつかれをとりもどし、それとともに私の頭の野菜風呂敷をにがにがしく思ひはじめたのである。彼は私の頭をまるで不細工なことだといひ、もつとも野蛮な土人の娘でもそんな布の巻きかたはしないものだといつた。彼はそんな呟きのあひだに私の頭から二本の安全ピンをのぞき、風呂敷をとつてしまつた。

「泣きたくても我慢するんだ。女くらゐ頭髪に未練をかけるものはないね。じつに厄介なことだ。一助氏の鏡をかりてきて二つの鏡で頭ぢゆうをみせてやつたら、泣くどころぢやないんだがなあ。みろ、一助氏はいま失恋しかかつてゐるんだぞ。（このとき一助と二助とはまだ会話の最中であつた）僕はこの際一助氏の部屋に鏡をとりに行くことを好まないよ。だから、目下のところは、鏡をみてしまつたつもりで安心してゐればいいんだ。その心理になれなくはないだらう」

私はやはり頭を包むものをほしかつた。外ではすでに朝がきてゐて、もしむきだしの頭で井戸に水をくみに行くならば、晩秋の朝日はたちまち私の頸をも照らすであらう。そして私はこんな頭を朝日にさらす決心はつかなかつたのである。

私がふたたび野菜風呂敷をとり膝のうへで三角に折つてゐるとき、三五郎はつひに立ちあがつて釘の下に行つた。そして彼が釘のボヘミアンネクタイに向つて呟くには、

「せつかくのおかつぱをきれで包んでしまふとは、これはよほどの隠蔽性にちがひない。じつに厄介だ。僕はまるで不賛成だが、しかし、女の子の渇望には勝てさうもない」

そして三五郎はネクタイのむすび目を解き、ボヘミアンネクタイを一本の長い黒布として、私の頭髪を巻いたのである。

「こんな問題といふものは」三五郎は私の頸にきれの房を垂れながらいつた。「外見はむしろ可愛

いくらゐであるにも拘らず、外見を知らない本人だけが不幸がつたり恥しがつたりするんだ。女の子といふものは感情を無駄づかひして困る。それから、はやく飯を作つて一助を病院にやつてしまはないと僕は睡れなくて困る。なにか失恋者どもをだまらせる工夫はないのか。せめて僕はこの部屋で睡つてみることにしよう」

このとき一助と二助とはまだ会話の最中であつた。そして三五郎は床にはいるなり睡つてしまつた。佐田三五郎は睡り、小野二助は睡り、そして小野一助はだまつてしまつた後では、家の中がしづかになり、朝飯の支度を終つた私が失恋について考へるのに適してゐた。この朝は、私の家族のあひだに、失恋に縁故のふかい朝であつて、私の考へごとはなかなか尽きなかつた。しかし、私はどうも頭の工合が身に添はなくて、失恋についてのはつきりした意見を持つわけにはいかなかつたのである。私はつひに自信のない思ひかたで考へた——失恋とはにがいものであらうか。にがいはてには、人間にいろんな勉強をさせるものであらうか。すでに失恋してしまつた二助は、このやうな熱心さでこやしの勉強をはじめてゐるし、そして一助もいまに失恋したら心理学の論文を書きはじめるであらうか。失恋とは、おお、こんな偉力を人間にはたらきかけるものであらうか。それならば（私は急に声をひそめた考へかたで考へをつづけた）三五郎が音楽家になるためには失恋しなければならないし、私が第七官の詩をかくにも失恋しなければならないであらう。そして私には、失恋といふものが一方ならず尊いものに思はれたのである。

私がこんな考察に陥つてゐたとき、ふすま一枚をへだてた一助の部屋で、一助が急に身うごきをはじめた。彼は右と左と交互に寝がへりをくり返してゐる様子で、そして彼は世にも小さい声で言つたのである。

「僕はこんな心理にならうと思つて僕の病院を休んだのではない。人間の心理くらゐ人間の希望どほりにいかないものがあるか。あたまをひとつ殴りつけてやりたいほどだ。心臓を下にして寝てゐると、脈搏がどきどきして困る。これは坊間《ぼうかん》でいふところの虫のしらせにちがひない。心臓を上にして寝てみると、からだの中心がふらふらして困る。これはやはり虫のしらせの一種にちがひない。僕はまるで乏しい気もちだ。何かたいせつなものが逃げてゆく気もちだ。ふたたび心臓を上にしても、みろ、やはり虫のしらせがおさまらないぢやないか。これは、よほど、病院の事態に関する虫のしらせにちがひない。僕は今にして体験した。人間にも第六官がそなはつてゐるんだ。まちがひなくそなはつてゐるんだ。人間の第六官は、始終ははたらかないにしろ、ひとつの特殊な場合にはたちまちにはたらきだすんだ。それは人間が恋愛をしてゐる場合なんだ。僕はもういちど心臓を下にしてみることにしよう。みろ、依然として第六官の脈搏が打つぢやないか。僕はまるつきり乏しい気もちだ。ああ、僕の患者は、いまどうしてゐるだらう。誰がいま、僕の患者の病室にはいつてゐるであらう。僕はかうしてはゐられない。（一助は急にとびあがつた）僕は病院にいつてみなければならない」

一助が茶の間にでてくる前に私は台所に避難してゐた。黒布で巻かれた私の頭を一助の眼にさらしたくなかつたのである。私はさらに女中部屋に避難しなければならなかつた。一助は台所にきて非常に急いだ洗顔をし（彼は洗面器を井戸ばたに持つてゆく時間を惜しみ、丁度私がみがいておいた小さい金だらひで洗顔した）ぢき茶の間に引返した。私は熟睡をつづけてゐる三五郎の顔のそばから台所に引返した。

私は一助からいちばん遠い台所の一隅に坐り、いま女中部屋からとつてきた私の蔵書の一冊を読むことにした。けれど此処でも私の読書は身に添はなかつた。障子一枚の向ふで、一助が曾つていつたことのない食事の不平を洩らしたからである。

「どうもこの食事はうまくない。じつにわかめと味噌汁の区分のはつきりしない味噌汁だ。心臓のどきどきしてるときにこんな味噌汁を嚥むのは困る」

私はこんな際に一枚の海苔もなくなつてゐることを悲しみ、戸棚をあけてみた。丁度戸棚のいちばん底に、浜納豆の折がひとつのこつてゐた。これは私がとつくに忘れてゐた品で、振つてみると乏しい音がした。私は腕のとほるだけの幅に障子をあけ私の腕を五寸だけ茶の間の領分にいれ、漸く浜納豆の折を茶の間におくことができた。

浜納豆は急に一助の食慾をそそり、一助はこの品によつて非常に性急な食事を終り、そして食後の吐息とともに意見をひとつのべた。

「浜納豆は心臓のもつれにいい。じつにいい。もつれた心臓の消化を助ける。僕は僕の病院の炊事係にこの品の存在を知らして、心臓のもつれた患者の常食にさせよう。これはじつにいい思いつきであつて、心臓のほぐれたときにのみ浮ぶ心理なんだ。心臓のほぐれは浜納豆を満喫した結果であつて、僕はこの品の存在をぜひ僕の病院の炊事係に知らせ——しかし、僕は、食後、急にのんびりしたやうだ。病院の事態を思へばのんびりしすぎては困る。僕はかうしてはゐられない」

そして一助はあたふたと勤めに出かけた。

のこつた二人の家族は熟睡をつづけ、私は茶の間にかへり、私の家庭はじつに静寂であつた。この静寂は私の読書をさまたげ、却つて睡りをさそつた。

三五郎の部屋では、寒い空気のなかに、丁度三五郎の寝床がのべてあつた。私は早速睡りに入らうとしたが、二助の部屋からつづいてゐる臭気のなごりと寒さとのために、私はただ天井をながめてゐるだけであつた。丁度私の顔の上に天井板のすきまがひとつあつて、その上に小さい薄明がさしてゐた。三五郎の部屋の屋根の破損は丁度垣根の蜜柑ほどのさしわたしで、私は、それだけの大きさにかぎられた秋の大空を、しばらくながめてゐた。この閑寂な風景は、私の心理をしぜんと次のやうな考へに導いた――三五郎は、夜睡る前に、この破損のあひだから星をながめるであらうか。しばらく、星をながめてゐるであらうか。そして午近くなつて三五郎が朝の眼をさましたとき、彼の心理にもこの大空は、いま私自身の心が感じてゐるのとおなじに、深い井戸の底をのぞいてゐる感じをおこさせるであらうか。第七官といふのは、いま私の感じてゐるこの心理ではないであらうか。私は仰向いて空をながめてゐるのに、私の心理は俯向いて井戸をのぞいてゐる感じなのだ。

そのうち私は睡りに陥つた。

この日の午後に、三五郎と私とは、二助の大根畠の始末にとりかかつた。この仕事を私たちに命じたのは小野二助で、そのために三五郎は音楽予備校を休んだのである。

三五郎の部屋で私は意外に寝すごしてしまつたので、二助は私をおこすのによほど骨折つた様子であつた。私が夢のさかひからとびおきて蒲団の上に坐つたとき、私の眼のまへに二助が立つてゐて、二助は肥料学の講義に遅刻することをたいへん恐怖しながら（そのしるしは彼の早口にありありとあらはれてゐた）命じた。

「今日のうちに二十日大根の始末をしといてくれ。たいせつなことは……寝ぼけてゐては困る。しつかりと眼をあくんだ。僕はまるで風と話してゐるやうだ。たよりないにもほどがある。（しかし私はあながち寝ぼけてゐたのではなく、一方では頭の黒布を二助に対して気兼ねに感じてゐたのである。ボヘミアンネクタイは私が睡つてゐたあひだにかなりゆるんでしまひ、布の下からは頭髪が遠慮なくはみだしてゐるやうであつた）たいせつなことは、今日こそ、菜つぱを、一本もむだにしないで、おしたしに作ることだ。解つたのか。（私はうなづいた）僕はぜひ僕の処方箋のもとに栽培した菜つぱの味を味つてみる必要があるんだ。これは僕の肥料処方箋が人間の味覚にどうひびくかの実験だから、菜つぱを捨てられてはじつに困る。ごまその他の調味料は最少限の量を用ひ、菜つぱ本来の味を生かすおしたしを作つてみろ。ああ、僕はいま、たいせつな講義に遅刻しかかつてゐる。それから、大根畠をよした床の間は、発情期に入つた――（ここで二助は急に言葉をきり、ひどくあわててゐる気配であつた）いや、さうぢやないんだ。どうも、徹夜の翌日といふものは、ありのままの用語をつかひすぎて困るやうだ。じつに困る。ともかく、僕の部屋の床の間は、蘚のサロンになるといふことなんだ。三五郎に命じてくれ、例の鉢を、さういへば三五郎は知つてゐるからね、そのひと鉢を非常に鄭重に床の間に移す――しかし、僕は、つひに遅刻しかかつてゐる。僕はとてもかうしてゐられない」

そして二助はあたふたと学校にでかけた。

私はよほどたくさんの仕事をひかえてゐる気もちで責任がおもかつたので、三五郎のところに来てみた。私が女中部屋の入口に坐つたときは、女中部屋の入口に位置してゐる三五郎の顔が眼をさましたときであつた。私は三五郎に相談した。

「大根畠をとつてしまはなければならないの。けれど――」

私がわづかこれだけ話しかかつたとき三五郎はいつた。

「何といふことだこれは。あの百姓部屋から大根畠をとつてしまふとどうなるんだ。大根畠のない室内に、こやしだけ山積してみろ、こやしの不潔さが目だつだけぢやないか。きたないにもほどがある」

「床の間を、蘚のサロンにしておけつて二助氏がいつたの――」

「すてきなことだ。これはすてきなことだ。二助氏の考へはじつにいい。もともと二助の部屋は百姓部屋すぎるよ。大根畠と人工光線の調和を考へてみろ。不調和にもほどがある。豆電気といふものは恋愛のサロンにのみ適したものなんだ」

「でも、分教場をあんまりたびたび休んでもいいの」

「休むとも。僕は絶えずその方が希望なんだ」

三五郎はとび起きて身支度をした。彼は台所に行き、私が炊事用の手ふきとして使つてゐる灰色の手ぬぐひを頭に結んだのである。三五郎の態度は私を刺戟した。私もゆるんでゐる頭ぎれを締めなければならないであらう。

私がボヘミアンネクタイの結びめを解かうとあせつてゐるとき、三五郎は一挙に私の頭ぎれをもぎとり、皺になつたボヘミアンネクタイをながながと女中部屋の掛蒲団のうへに伸べた。

「そつちの端をしつかりつかまへてゐるんだ。頭ばかし振るんぢやない。まるで厄介なことだ」

三五郎は私の机の下から結髪用の櫛をとりだして私に与へた。そして私は漸く額の毛束をとめることが出来た。

掛蒲団の上では、三五郎と私とが、両端をおさへてゐるボヘミアンネクタイをぱたぱたと叩いた。これは私の頭ぎれの皺をできるだけのばすためで、私たちはたいへん熱心に叩いた。

三五郎と私との朝飯はもう午をすぎてゐて、二人とも頭ぎれを巻いた食事であつた。けれど三五郎は何を考へはじめたのであらう、彼はさつきとび起きたときの勢ひに似合はず黙りこんでしまひ、そして考へ考へたべてゐる様子であつた。私はこのやうな沈黙時間を好まなかつたので、今私の心でいちばん重荷になつてゐる二十日大根の始末について三五郎に相談した。よほどたくさんある筈のつまみ菜を、私は最初どんな器で洗つたらいいのであらう。これは炊事係にとつてじつに迷ひの多い仕事であつた。

「水汲みバケツのなかでこやしのついた品を——」

「食事中によけいな話題をだすんぢやない。こんな時にはこやしに脚をつけてゐる大根のことなんか考へないで、しづかに蘚のことを考へるんだ。蘚の花粉といふものは……」

三五郎は急に番茶を一杯のみ、急にはものを言はなかつた。私はこのやうな話題をつづけられることを好まなかつたので、丁度三五郎が沈黙に陥つてゐるあひだに三五郎のそばを去り、二助の部屋の雨戸をあけに行つた。若い女の子にとつては、蘚の花粉などの問題は二人同志の話題としないで、一人一人で二助のノオトを読めばよかつたのである。

私が縁の雨戸をあけ終つて二助の部屋にはいつたとき三五郎はやはり私にとつては好ましくない状態にゐた。彼は二助の椅子に腰をかけ、机に二本の頬杖をつき、そして蘚の鉢をながめてゐたのである。二本の肱のあひだにはペエヂを披《ひら》いた論文があつた。

こんな状態に対して私はさつさと仕事をはこぶ必要があつたので、私は障子ぎわに立つてゐて室内を見わたした。けれど、二助の勉強部屋は何と手のつけられないありさまであらう。室内はまつたく徹夜ののちの混乱に陥り、私は、何から手をつけたらいいか解らないのである。私はつひに飯櫃のそばにぼんやりと立ちつくし、そして混乱した室内風景のなかに、私の哀愁をそそる一つの小さい風景を発見した。三五郎のかけてゐる椅子の脚からこやし用の土鍋のある地点にかけて、私の頭髪の切屑が、いまは茶色つぽい粉となつて散り、粉のうすれたところに液体のはいつた罎があり、粉のほとんどなくなつた地点に炊事用の鍋があつた。そして私はいまさらに祖母のことや美髪料のことを思ひ、ボヘミアンネクタイに包まれた私の頭をふつたのである。

三五郎はやはりおなじ状態をつづけてゐて蘚をながめ、それからノオトをながめ、また蘚をながめて取りとめのない時をすごしてゐたが、不意に私に気づいた様子で言つた。

「何だつてはなを啜るんだ」

そして三五郎はすこしのあひだ私の顔をながめたのち、初めて私のみてゐる地点に気づいたのである。三五郎は頭をひとつふり、やはりたたみの上をみてゐて呟いた。

「どうも僕はすこし変だ。徹夜の翌日といふものは朝から正午ごろまで睡つても、まだ心がはつきりしないものだらうか。僕は大根畠の排除にちつとも気のりしないで、却つてぼんやりと蘚のことを考へてゐたくなつたんだ。女の子と食事をしてゐるときふつとそんな心理になつてしまつたんだ。しかし、たたみのうへにこぼれてゐる頭髪の紛つて変なものだな。ただ茶色つぽい粉としてながめようとしても決してさうはいかないぢやないか。女の子の頭髪といふものは、すでに女の子の頭から離れて細かい粉となつても、やはり生きてゐるんだ。僕にはこの粉が生きものにみえて仕方がないんだ。みろ、おなじ粉でも二助の粉肥料はただあたりまへの粉で、死んだ粉ぢやないか。麦こがしやざらめ砂糖と変らないぢやないか。しかし頭髪の粉だけは、さうはいかないんだ」

三五郎は何かの考へをふるひ落す様子で頭を烈しく振り、そしてふたたびノオトに向つた。

三五郎の様子では大根畠の始末はいつ初まるのか見当もつかなかつたので、私は飯櫃の蓋をあけてみた。飯櫃のなかには一粒の御飯もなくて二本の匙がよこたはり、二本の匙は昨夜二助と三五郎とがどんな食べかたをしたかを示すに十分であつた。それから私は炊事用の鍋の蓋をあけてみた。そして私は此処でも徹夜者たちの空腹を十分に偲ぶことができた。鍋のなかには、くわゐの煮ころがしのお汁までも完全になくなつてゐたのである。私は飯櫃のなかに鍋をいれ、そして台所にはこんだ。

私が雑巾バケツをさげて帰つてきても、三五郎はやはり机についてゐて、熱心な態度で蘚の論文をよんでゐた。そして私は一人で大根畠の始末にとりかかつた。私は右手で試験管一個分の二十日大根をつまみあげ、左手にさげたバケツの水のなかに浮かせ、次の試験管にかかり、そしてしばらくこの仕事をつづけた。

三五郎と私は丁度たたみを一畳半ほどへだてて背中をむけ合つた位置にゐてそれぞれの仕事をつづけてゐたが、雑巾バケツの水面が二十日大根で覆はれたころ、三五郎はたたみの上にノオトを放りだし、そして向うをむいたままで言つた。

「今日のうちに引越しをしてしまはうぢやないか。丁度大根畠は今日でなくなるし、引越しをするにはいい機会だよ」

私は雑巾バケツをさげたま三五郎の背中をみた。彼は頭を両手で抱へ、それを椅子の背に投げかけた怠惰な姿勢をとつてゐた。

三五郎は私の返辞をまたないで次のやうな独語をつづけ、そして私は彼の独語のあひだ彼の背中をながめることを止したり、またながめたりしてゐた。

「僕は、なんだか、あれなんだ、たとへば、荷物をうんと積んだ引越し車を挽いてやりたい心理状態なんだ。何しろ今日は昨夜の翌日で、昨日は二助の蘚が恋をはじめたり、花粉をつけたり、ひいては僕が花粉をどつさり吸ひながら女の子の頭を刈つてやつたり、それから……ああ、女の子は昨夜がどんな日であつたかを覚えてゐないのか。女の子といふものはそんな翌日にただ回避性分裂に陥つてゐるものなのか。僕は二助のノオトを持つてゐるのに、女の子の方では二人で蘚の論文を読まうとはしないで却つて雑巾バケツを持ちだして来るぢやないか。だから僕は大根畠の試験管を叩きこわしてやりたい心理になるんだ。僕はぼろピアノを叩き割つても足りないくらゐだ。僕は結局あれなんだ、何かを摑みつぶしてやりたいんだ。だから僕は、摑みつぶす代りとして引越し車の重たいやつを挽くんだ」

三五郎は急に椅子から立ちあがり、さつき放りだしたノオトを拾つた。そして彼は披いたノオトを楽譜のつもりで両手にもち、曾つて出したことのない音量でコミツクオペラをうたつたのである。けれど三五郎の音楽はただ破れるほどの大声で何かの心理を発散させるための動作で、ただ引越し車を挽く代りの動作であつた。そして三五郎はつねに大根畠の方に背を向けてゐた。

三五郎がうたひたいだけをうたひ終るにはよほどの時間を費したが、そのあひだ私はただ三五郎の背中をみてゐた。そして私は三五郎がコミツクオペラを止め、二三度頭をふり、そして頭の手拭ひを結びなほしたとき部屋を出た。私は雑巾バケツの野菜を一度井戸ばたにあけて来なければならないのである。

私がふたたびバケツとともに部屋にかへつたとき、三五郎は大根畠の前に来てバケツを待つてゐるところであつた。彼は大根畠の取片づけに気の向いたしるしとして私も天井にさし上げ、私をたたみの上に置くと同時に熱心に働きはじめた。三五郎がせつせと野菜の収穫をしながらうたひはじめた音楽は、平生どほりの音量の音程練習であつた。そして彼は音程が気にくはないと収穫を中止し、作物のとり払はれた試験管の列をピアノの鍵として弾きながら練習した。

私が二人の隣人に初対面をしたのは、丁度二十日大根でいつぱいになつた雑巾バケツをさげて玄関を通り掛つたときであつた。けれど私の家庭では音楽のため隣人に迷惑をかけなかつたであらうか。二人の女客は、もうせんから来訪してゐたさまで玄関に立ちつくしてゐたのである。私の眼には最初二人の訪客が一つの黒つぽいかたまりとしてみえた。これは彼女達の服装の黒つぽいためで、一人は全身に真黒な洋服をつけ、すこしうしろの方に立つてゐる一人は黒い袴をつけてゐた。そして彼等が二人の来訪者であると知つたとき私は玄関のたたみのうへに坐り、お辞儀をした。しかし、私たちの家庭の空気や私の身なりなどは、来訪者にあまり愉快な印象を与へてゐないやうであつた。私の頭にはネクタイの黒布が巻きつき、私の膝のそばには大根畠の匂ひをもつたバケツがならび、そして奥の方ではまだ三五郎の音楽がつづいてゐたのである。このやうな状態のなかで訪客の一人は（これは洋服をつけた方の客で、先生のやうにみえた）私に向つて隣家に越してきたことを言ひかかり、すぐやめてしまつた。そして私は漸く三五郎を呼んでくることを思ひついた。

しかし三五郎が玄関に出てきても、私たちは隣人に快い感じを与へることは出来なかつた。三五郎と私とはやはり二人とも頭ぎれを巻いてゐて、二人は玄関のたたみのうへに並んで坐つたのである。先生の隣人は何の感興もない様子で隣人としてのもつとも短い挨拶を一つのべ、三五郎と私とは言葉はなくてただお辞儀をした。このとき、もう長いあひだうしろの方に立つてゐた訪客は（これは黒い袴をつけた方の客で、生徒のやうにみえた）ふところから紙片を一枚とりだし、なるたけ玄関の隅の方においた。それは丁度障子のかげから半分だけみえてゐる雑巾バケツのそばであつた。そして三五郎と私とは、隣人たちの帰つていつた玄関で、しばらくは引越し蕎麦の切手をながめてゐたのである。

私の家庭がたえず音楽で騒々しいのに引きかえて、隣人の家庭はつねに静かであつた。そして初対面のとき黒い袴をつけてゐた生徒の隣人と私との交遊は、前後を通じて非常に静粛で寡黙なものであつた。これは隣人と私とが互ひの意志をつたへるのにほとんど会話を用ひないで他の方法をとつたためであつた。

この隣人は彼女もまたとなりの家庭の炊事係で、女中部屋の住者であつた。彼女は初対面のとき黒い洋服をきてゐた先生の隣人と二人分の炊事係で、黒い袴は彼女が夕方から夜にかけて講義をききに行くときの服装であつた。私の隣人は昼間を炊事係として送り、夜は夜学国文科の聴講生として送つてゐたのである。それから、初対面のとき先生のやうにみえた隣人は、事実宗教女学校といふ学校の英語の先生で、彼女はすべての物ごとに折目ただしい思想をもつてゐる様子であつた。先生の思想は、たとへば、二人の若い炊事係が井戸ばたなどで話をとりかはすのは決して折目ただしい行動ではないといふやうな思想ではないであらうか。

さて二人の炊事係の交遊ははじめ井戸ばたではじまつた。丁度二助の大根畠を取りはらつた翌日のことで、私は雑巾バケツでつまみ菜を洗ひ、隣人は隣家の雑巾バケツで黒い靴下を二足あらつてゐた。そして私たちはすこしも会話のない沈黙の時間を送り、そのあひだに行動でもつて隣人同志の交情を示したのである。——隣人の洗ひ終つた靴下が石鹸の泡をおびた四つの黒いかたまりとして私の野菜のそばに並んだとき、私は二十日大根の一群を片よせ、隣人はその跡に彼女の雑巾バケツを受け、そして私はポンプを押した。これは丁度私がポンプの把手の近くにゐたためであつた。けれど私の押してゐるポンプは非常に乱調子で、そのために隣人の雑巾バケツには水が出たり出なかつたりした。私はもはや頭ぎれを巻いてゐなかつたので、私の頭髪はポンプの上下と共にたえず額に垂れかかり、そして私はたえず頭をふりながらポンプを押したのである。この状態をみた隣人は彼女の頭から小さいゴムの櫛を一枚とり、井戸の周囲を半廻りして私の頭髪をとめてくれた。

私はこの日の朝からもう頭ぎれを巻いてゐなかつた。朝眼をさましたとき、私の頭ぎれはすでに私の頭をはなれて女中部屋のたたみのうへに在つた。そして私は、もはや頭髪をつつむことを断念したのである。三五郎の買つたボヘミアンネクタイは、いまは、ひとつの黒いかたまりとなつて美髪料とともに私のバスケツトの中に在つた。

隣人が四本の靴下を蜜柑の垣に干す運びになつたとき、私は三本の靴下をさげて垣根までついて行つた。隣人は彼女の手にあつた一本を干し、二本目を私の手からとり、そして私の手に最後の一本がのこつたとき私は蜜柑のうへにそれを干した。そして私たちは無言のまましばらく靴下の雫をながめてゐたのである。

最後に隣人は私の野菜の始末を手つだつてくれたので、私は意外に早く二十日大根の臭気をのぞくことができた。隣人と私とは私の雑巾バケツで洗つた分を隣人の雑巾バケツに移し、それから笊にあげる手順をとつた。そして最後に隣人と私とはかはるがはるポンプを押し、ずゐぶん長いあひだ二十日大根に水を注いだのである。

野菜がすつかり清潔になつたとき、私ははじめて隣人に口を利いて遠慮がちにつまみ菜をすすめてみた。隣人はやはり遠慮がちに私の申出でを断り（それは彼女の家族がたぶん食べないであらうという理由からであつた）そして蜜柑の木に仮干しをしてあつた四本の靴下をさげて彼女の家庭に帰つた。

夕方に、私は台所の上り口に腰をかけ、つまみ菜の笊をながめて考へ込んでゐた。二助の栽培した二十日大根をいよいよ調理することに対して、私にはなほ多くのためらひがのこつてゐたのである。けれどこの問題は丁度前後して帰つてきた三五郎と二助とによつていろんな方面から考察されることになつた。ひと足さきに帰つてきたのは三五郎の方で、彼は非常にうれしさうな様子で台所を横ぎり女中部屋の障子をあけてみた上ではじめて台所口の私に気づいた。三五郎は右手に一本のヘヤアイロンをもつてゐて、ときどき私の頭髪を挟みあげ、またヘヤアイロンを音楽の指揮棒のやうに振つたりしながら言つたのである。

「今日分教場の先生にほめられたから頭の鏝を買つたんだ。非常にほめられると、やはり何か買ひたくなるものだね。僕は先生から三度うたはされて三度ほめられたんだ。（三五郎は音楽をうたひ、指揮棒を波のやうに震はせた。このとき二助は丁度台所にきて三五郎のうしろに立つてゐた）今晩は町子の頭をきれいにしてやるから七輪の火を消さないでおくんだ。忘れてはいけないよ」

「いろんな方向に向つてゐる髪をおなじ方向に向けてしまふといいね。しかし僕は腹がすいた。早く僕の作物でおしたしを作らないと困る」

「僕はこんな作物のおしたしはどうもたべたくないね。（三五郎は笊をとりあげて鼻にあててみた）みろ、やつぱり大根畠そつくりの匂ひがしてゐる」

二助も笊の匂ひをしらべてみて、

「これは二十日大根そのものの匂ひだよ。こやしの匂ひはちつとも残つてゐないぢやないか。試験管のことを忘れて公平に鼻を使はないと困る」

三五郎はふたたび笊をしらべたのち私にきいた。

「ほんとにすつかり洗つたのか」

それで私は昼間隣人と二人で二十日大根を洗つた順序を委しく物語つたのである。すると三五郎は急に笊をおいて言つた。

「隣人の靴下を二足あらつた雑巾バケツで菜つぱを洗つたのか」

「ええ。それから長いことかかつて笊のうへから水をかけたの」

「何にしてもきたないことだよ。この二十日大根は隣家の雑巾バケツを通して隣家の先生の靴下に触れたんだ。それに僕はどうも隣家の先生を好まないよ。第一初対面の時に僕は汚ない手拭ひで頭をしばつてゐるところを見られてゐるし、それに、何となく、あれなんだ、欠点を挙げられさうな気がして、僕は、隣家の先生がけむつたいんだ。威厳のありすぎる隣人だよ。だから僕は今日分教場の帰りに、宗教女学校の帰りの先生と同じ電車にのり合はしたけど、電車を降りてうちに帰るまで決して隣家の先生の前を歩かなかつたんだ。だから僕は先生の真黒な靴下をよくみたが、あんな棒のやうな、ちつとも膨らみのない脚は、ただけむつたいだけだよ。あんな靴下を洗濯したバケツで洗つた菜つぱの味は、けむつたいにきまつてゐる」

「平気だよ。もともとこの二十日大根は僕が耕作した品なんだ。隣家の雑巾バケツの中を二三分間くぐつてきたことはまるで問題ぢやないよ。僕は隣家の先生にはまだ面識をもたないが、三五郎の考へかたにはこのごろどうも偏見があるやうだ。こやしを極端にきたながつたり、隣家の靴下をけむたがつたり、何か一助氏に診察させなければならない心理が生れかかつてゐるのか。公平に考へてみろ、こやしも靴下もことごとく神聖なものなんだ」

「二助氏こそ公平に考へてみろ。（三五郎はヘヤアイロンのさきに一群の二十日大根を挟んで二助の鼻にあてた）それから僕はべつに一助氏に診察させるやうな心理には陥つてゐないよ。ただ、おなじ隣人を持つくらゐならもうすこし威厳のすくない隣人を持つて――」

二助はヘヤアイロンの野菜を大切さうにつまんで笊に還し、そして私にきいた。

「ともかく精密に洗つたんだね」

私はもう一度隣人と代る代るポンプを押した話をくり返した。

「すると、隣家の先生がポンプを押してくれたのか」

「さうぢやないよ。（三五郎は私に代つて答へた）解らないにもほどがあるね。隣家の先生はほんのさつき僕と前後して隣家に帰つたと聞かしてあるぢやないか。もう一人生徒の隣人がゐるんだよ。黒い袴をはいた生徒なんだ。あれはたぶん夜学国文科の生徒にちがひないね。頭髪が黒くて国文科らしい顔をしてゐるよ。僕はさつき分教場から帰るとき、この隣人にも逢つたんだ」

「黒い袴をはいた女の子なら僕もすれちがつたよ。僕は丁度三五郎のぢき後から帰つて来たからね。あれが隣家の女の子なのか。しかし（二助はしばらく考へこんでゐた）僕はもうおしたしを止さう。隣家の女の子は、やはり、あれだよ、つまり、涕泣癖《ていきふへき》をもつてゐさうなタイプだよ。太つたタイプの女の子には、どうも、泪がありすぎて——（二助は深い追想に耽る様子であつた）ともかく僕はあのタイプの女の子が洗つてくれた野菜を好まないよ」

そして二助の耕作した二十日大根は、私の台所で二三日たつうちに色が蒼ざめ、黄いろに褪せ、つひに白く萎れてしまつたのである。

祖母の送つてくれた栗の小包には三通りの栗がはいつてゐて（うで栗、生栗、かち栗）幾つかの美髪料の包みも入れてあつた。けれど私の頭はもはや三五郎の当ててくれたヘヤアイロンの型に慣れ、そして私自身もすでにアイロンの使ひこなしに慣れかかつてゐたのである。私は哀愁とともに美髪料の包みをバスケツトのなかに入れ、そして机の上の三つの皿にうで栗を盛つた。二助の部屋からはいつもの匂ひがながれ、三五郎はさつきピアノとともに二度ばかり音程練習をしてそれきりだまつてしまつた。一助の部屋はただひつそりしてゐて何のおとづれもなかつた。そして私は次々に三つの部屋を訪れ、三人の家族の消息を知ることができたのである。

私がうで栗の皿を一助の部屋にはこんだとき、小野一助は何もしてゐなかつた。彼はただ机の下に脚をのばしてたたみの上に仰臥し、そして天井をみてゐるところであつた。彼の頭の下には幾冊かの書籍が頭の台として重ねられ、それらの書籍は一助の頭の下ではみだしたのや引つこんだのやである。私が彼の肱のそばに栗の皿をおいても、一助はやはり天井をみてゐた。

私は栗のそばに膝をつき、しばらく一助の胸のあたりをみてゐた。彼の呼吸は幾つかを浅くつづき、その後にはきつと深く吸つて深く吐きだす一つの特別な息があつた。そして私は、人間がどのやうな場合にこんな息づかひをするかを偲ぶことができた。

部屋のなかは空気ぜんたいが茶褐色で、一助の胸も顔も、勤めから帰つて以来一助がまだ着替えないでゐるズボンとワイシヤツも、壁のどてらも、そして栗の皿も、みんな侘しい茶褐色であつた。これは一助が明るい灯を厭ひ、机の上の電気に茶褐色の風呂敷を一枚かけてゐるためであつた。私は小野一助が部屋を茶褐色にし、着替へもしないで天井をみてゐる心理を知つてゐた。一助はこのごろいつもワイシヤツとズボンの服装でまづさうに夕飯をたべ、そして洋服のバンドのたけが一寸も不用になつたほど痩せてきたのである。私は栗の皿を一助の胸の近くにすすめておいて女中部屋に帰つた。

二つ目の皿を二助の部屋にはこんだとき、二助の室内は白つぽいほどに明るくて、二助は相変らず乱雑をきわめたこやしの中で熱心に勉強してゐた。この部屋は大根畠をとりはらつた当日だけいくらか清潔で、今ではふたたび煩瑣な百姓部屋であつた。ただ床の間の大根畠が一鉢の黄色つぽい蘚の湿地にかはり、机のうへに四つならんでゐた湿地が一つ減つただけであつた。

私が足の踏み場に注意をはらひながら二助の机に近づき、皿のおき場処を考へてゐたとき、小野二助はピンセットを持つたまま栗に気づいた様子であつた。彼のピンセットの下には湿地から抜きとられた一本の蘚がよこたはつてゐた。二助はピンセットをはなさない手で栗を一粒つまんで口にはこびかかつたが、ふたたび皿に還し、床の間に出かけ、床の間の蘚をピンセットにつまんで帰つてきた。そして二助はノオトの上の二本の蘚をしばらく研究したのち、栗を一粒つまんでたべたのである。二助の研究は二本の蘚をならべて頭のところを瞶《みつ》めたり、脚の太さを比較したり、息を吹きかけてみたりなかなか緻密な方法で行はれた。そしてつひに二助は左手の人さし指と拇指に二本の蘚の花粉をとり、一本づつ交互に鼻にあてて息をふかく吸ひこんだ。これは花粉の匂ひを比較するための動作で、二助はしづかに眼をつぶり、心をこめて深い息を吸ひこんだのである。けれどこのとき室内に満ちてゐるこやしの匂ひは二助を妨げたやうであつた。彼は右手のピンセットをおき、上つぱりのポケットから香水をだして鼻にあてた。このあひだ左手は大切さうにノオトのうへに取りのけられてゐて、二助は決して右手に近づけなかつた。二助は左の指に香水のつくことをひどく恐怖してゐたのである。

香水によつてこやしの臭気を払つたのち二助はあらためて左指をかたみがはりに鼻にあてて長い

あひだしらべ、漸く眼をひらき、そして栗をつまんだ順序であつた。このとき私はまだ皿をおかないでゐた。けれど二助はなほ蘚から眼をはなさないでうで栗を嚙み割つたので、うで栗の中味がすこしばかり二助の歯からこぼれ、そしてノオトの上に散つたのである。私は思はず頸をのばしてノオトの上をみつめた。そして私は知つた。蘚の花粉とうで栗の粉とは、これはまつたく同じ色をしてゐる！　そして形さへもおんなじだ！　そして私は、一つの漠然とした、偉《おほ》きい知識を得たやうな気もちであつた。——私のさがしてゐる私の詩の境地は、このやうな、こまかい粉の世界ではなかつたのか。蘚の花と栗の中味とはおなじやうな黄色つぽい粉として、いま、ノオトの上にちらばつてゐる。そのそばにはピンセツトの尖《さき》があり、細い蘚の脚があり、そして電気のあかりを受けた香水の罎のかげは、一本の黄ろい光芒となつて綿棒の柄の方に伸びてゐる。

けれど、私がノオトの上にみたこの一枚の静物画は、ぢき二助のために崩された。二助があわてて二本の蘚をつまみあげ、そしてノオトから栗の粉をはたいてしまつたからである。二助がふたたびノオトの上に蘚をならべたとき、私は頭をひとつ振り、ノオトの片隅に栗の皿をおいて女中部屋に帰つた。

女中部屋で私は詩のノオトをだしてみた。私はいま二助のノオトの上にみた静物画のやうな詩を書きたいと思つたのである。しかし私が書きかかつたのはごく哀感に富んだ恋の詩であつた——祖母がびなんかづらを送つてくれたのに、私にはもうかづらをつける髪もない。ヘヤアイロンをあてもらひながら頸にうける接吻は、ああ、秋風のやうに哀しい。そして私は未完の詩を破つてしまつた。

私が三つめの皿を運んだとき、佐田三五郎は廻転椅子に腰をかけ、ピアノに背中をむけた姿勢で雑巾バケツをながめてゐた。この雑巾バケツは、夕方雨の降りはじめたころ私がたたみの上に置いた品であつた。私はうで栗の皿をピアノの鍵の上におき、三五郎のそばに立つてしばらくバケツの中をみてゐた。バケツの底にはすでに一寸ほどの雨水がたまつてゐて、そのなかに屋根の破損から雨が落ち、また落ちてきた。そして水面にはたえず条理のない波紋が立つてゐた。

「栗をたべないの」

私は三五郎の膝に栗の皿を移してみた。三五郎はピアノに皿を還し、

「雑巾バケツがあると僕はちつとも勉強ができなくて困る。僕が音程練習をやりかかると、きまつてバケツに雨が落ちてきて、僕の音程はだんだん半音づつ沈んで行くんだ。雑巾バケツの音程はピアノ以上に狂つてゐるよ」

私が女中部屋に帰つて生栗の皮をむきはじめたころ、三五郎は急に勉強にとり掛つた。彼は雑巾バケツのためにいつまでも不勉強に陥つてゐる彼自身を思ひ返したのであらう。けれど三五郎は栗

をたべては音程練習をうたひ、また栗をたべてゐる様子で、このとぎれがちな音楽は非常に侘しい音いろを帯びてゐた。私は侘しい音楽を忘れるために何かにぎやかなものを身につけてみたくなつたので、祖母の作つたかち栗の環をひとつ頸にかけてみた。祖母の送つてくれたかち栗は、まんなかを一粒一粒針でとほして糸につなぎ、丁度不出来な頸かざりの形をしてゐたのである。

隣人と私とのあひだに一つの特殊な会話法がひらかれたのは丁度この時であつた。隣人もまた隣家の女中部屋の住者で、隣人の窓は私の窓と向ひあひ、丁度物干用の三叉のとどく距離であつた。あひだには蜜柑の垣根が一重あるだけで、隣人が彼女の窓から手をのばすとき彼女の手は垣の向側にとどき、私の手も部屋にゐて垣の此方側の蜜柑をとることのできる距離であつた。そして隣人は、私の膝に栗の皮のたくさん溜つたころ三叉の穂で私の雨戸をノックしたのである。

三叉の穂には筒の形をした新聞紙の巻物が一個下げてあつて、新聞紙の表面は雨にぬれ、中には一枚の楽譜がはいつてゐた。そして手紙にはそこはかとない隣人の心境がただよつてゐた。

「楽譜を一枚おとどけいたします。私は三日前にこの品を買つてきましたけれど、今日までその始末について何だか解らない考へをつづけてゐました。今晩学校から帰つてお宅の音楽をきいてゐましたら、やはりこの品は買つたときの望みどほりの所におとどけしたくなりました。だしぬけをお許し下さい。私の家族はすべてだしぬけなふるまひや、かけ離れたものごとを厭ふ傾向を持つてゐますけれど、私はこのごろ何となくその傾向に叛きたい心地で居ります。

この品を買つた夜は何となく乗物にのりたくない気もちがしましたので、学校から家まで歩いて帰りました。そして私は三十分遅れて帰りました。家族は私の顔いろがすぐれないといつて乗物の様子などをききましたので、私は停電だと答へてしまつたのです。ああ、人間は心に何か哀しいことがあるときこんな嘘を言ふと申します。私の家族は夜学国文科などは心の健康にいけないやうだから、春からは昼間の体操学校に行つたらどうだらうなどと呟きながら学校案内をしらべました。何と哀しい夜でせう」

隣人から贈られた楽譜は「君をおもへど　ああ　きみはつれなし」といふ題の楽譜であつた。私は手紙とうで栗とを野菜風呂敷につつみ、隣人とおなじ方法でとどけた。

「さきほどはありがたうございました。今晩は私も栗の皮をむきながら心が沈んでゐます。家族たちも一人をのぞくほかはみんなふさいでゐますので、これから頂いた音楽をうたつて家族たちを賑やかにしたいと存じます。栗をすこしおとどけいたします」

隣人はよほど急いだ様子で、折返し次のことをきいてよこした。この手紙は野菜風呂敷に包んであつた。

「いま音楽をうたつていらつしやる御家族はなぜこのやうにとぎれがちな、ふさいだ歌ばかりおうたひになるのでせう。あなたは栗の皮をむきながら誰のことをお考へになつたのでせう。心がふさいだり沈んだりするのは、人間が誰か一人の人のことを思ひつづけるからではないでせうか。私の心もこのごろ沈んでばかしゐます。私の家族のねむりをさまさないやうに雨戸をしめないで御返事を待ち上げます」

「ピアノのある部屋には夕方から雨が洩りはじめました。この部屋はときどき屋根がいたんで、家族たちにいろんな心理を与へる部屋です。せんに私はその破れから空をのぞいてゐましたら、井戸をのぞいてゐる心地になつたことがありますし、今晩はその部屋に住んでゐる家族が屋根の破れのためにふさぎ込んでしまひました。雑巾バケツに雨だれの落ちる音はたいへん音楽に悪いと彼は申します。それで栗をたべながらとぎれがちな音楽をうたつてゐるところです。次に私が栗の皮をむきながら考へたのは祖母のことでした。このやうな雨の夜には祖母もまた栗飯のために栗の皮をむいてゐることでせう。こんなことを考へて私は心が沈みました」

「ピアノの部屋の御家族のふさいでいらつしやるわけとあなたの沈んでいらつしやるわけをお知らせいただいて、私の心理もなんとなく軽くなりました。さつき申しわすれましたけれど栗をありがたうございました。これから夜ふけまで私は栗をいただいて御家庭の音楽をききませう。私はもともと音楽をうたふことがたいへん好きですけれど、私の家族はそんなかけ離れたことを好みませんので控えてゐます。けれどうたひたい音楽をうたはないでゐることは心臓を狭められるやうな気がして仕方がありません。それから私の家族は朝早くおき、夜はきまつた時間にねむるといふ思想を持つてゐます。けれど、このごろ私は不眠症のくせがついてしまひました。そして夜ふけまでも御家庭の音楽をきいたりいたします。ピアノのお部屋にバケツのなくなる時を祈念申しあげます。おやすみなさい。

申しおくれましたけれど二伸で申しあげます。私の袴は、家族のスカアトを二つ集めて作つたものです。夜学国文科に入学するとき私は国から海老茶いろの袴をひとつ持つて来ましたけれど、この方は不用になつてしまひました。私の家族はすべて黒い服装を好んでゐます。家族のだしてくれた二つのスカアトは、一つはすこし新らしく、一つの方はよほど古いスカアトでしたから、私の袴は前身《まへみ》と後身《うしろみ》といくらか色がちがひます。私は私の家族のとほい従妹にあたるものですけれど、やはり家族の好みに賛同することができません。私はいつも国から持つてきた袴をはきたいと思つてゐます。おやすみなさい」

長い会話を終つたのち私は楽譜をもつて三五郎の部屋に出かけた。三五郎は栗のなくなつた皿を鍵盤のうへにおき、そのそばに肱をつき、そして沈黙してゐた。私が三五郎の顔の下に楽譜をおくと三五郎は標題をよみ、それから表紙をはねて中の詩をよんだ。

「これは片恋の詩ぢやないか。どうしたんだ」

「隣人から贈つてきたの」

三五郎はややしばらく私の顔をながめてゐたのち、独語をひとつ言つた。

「どうもこのごろおかしいんだ。僕が電車を降りて坂を上つてくると、むかうは坂を下りてくる運びなんだが、夕方の坂といふものは変なものだね。夕方の坂といふものは、あれなんだ、すれ違はうとする隣人同志に、わざと挨拶を避けさしたり、わざと眼をそらさしたりするものなんだ。僕は、このごろ、僕の心理のなかに、すこし変なものを感じかかつてゐる。僕の心理はいま、二つに分れかかつてゐるんだ。女の子の頭に鏝をあててやると女の子の頸に接吻したくなるし、それからもう一人の女の子に坂で逢ふと、わざと眼をそらしたくなるし、殊にこんな楽譜をみると……」

三五郎は急に立ちあがつて部屋をでた。そしてすぐ帰つてきた。彼は一方の手に心理学の本を一冊抱え、一方の手には栗をひと摑み持つてゐた。そしてふたたび廻転椅子につき、小さい声で私にいつたのである。

「一助氏はじつにふさいでゐるね。寝そべつて天井ばかしみてゐるよ。栗なんかひと粒もたべてゐないんだ。（彼は手の栗を鍵盤のうへに移し、深い息を吐き）恋愛はみんなにとつて苦しいものにちがひない」

それから彼は心理学のペエヂを披いた。私は侘しい思ひでペエヂのうへに眼をおとしたが、「分裂心理は地球の歴史とともに漸次その種類を増し、深化紛叫するものにして」といふやうな一節をよみかかつたきり私はピアノのそばをはなれた。私はもはや一人の失恋者にすぎないやうな気がして、こんな難しい文章をよみ続ける気がしなかつたのである。そして私は雑巾バケツのそばに坐り、波紋をみてゐた。

三五郎が急に本をとぢてピアノの上に投げあげ、ピアノとともに片恋の楽譜を練習しだしたとき、私はこの音楽に同感をそそられる思ひであつた。そして私はふたたび三五郎のそばに立ち、片恋の唄をうたつたのである。

片恋の唄は一助の同感をもそそつたやうであつた。三五郎の部屋に出かけてきた一助はやはりズボンとワイシャツの服装でゐて、彼はピアノに立てかけてある楽譜に顔を近づけ、しばらくのあひだは歌詞をよんでゐた。表紙裏にいくつか並んでゐる詩は「きみをおもへどきみはつれなし　草に伏しきみを仰げど　ああきみは　きみはたかくつれなし」といふやうな詩であつた。

一助はつひに小さい声で合唱に加はつた。彼の楽才や声の美醜については述べることを控えなければならないけれど（それはただ、すこしも二助に劣らなかつたからである）彼のうたひかたは哀切をきわめてゐた。一句うたつては沈然し、一句うたつては考へこみ、そして一助はいつまでも片恋の唄をうたつたのである。

けれど私たちの音楽は、小野二助が勉強部屋にゐてならべたひとりごとによつて終りをつげた。それはごく控え目な、小さい声のひとりごとであつた。

「どうも夜の音楽は植物の恋愛にいけないやうだ。家族たちの音楽はろくな作用をしたためしがない。宵にはすばらしい勢ひで恋愛をはじめかかつてゐた蘚が、どうも停滞してしまつた。この停滞は音楽のはじまると同時にはじまつたものにちがひない。こんな晩に片恋の唄などをうたはれては困るんだ。一助氏まで加はつて、三人がかりで片恋の唄をうたふやつがあるか。うちの女の子まで今日は悲しさうなうたひかたをするんだ。うたふくらゐなら植物の恋情をそそるやうなすばらしい唄を選べ」

いつしか雨がやんでゐたので、私は一助のうしろから雑巾バケツをさげて三五郎の部屋をでた。廊下から部屋までのあひだ一助はただ頸を垂れて歩いた。


小野二助の二鉢目の蘚が花粉をつけたころ、垣根の蜜柑は色づくだけ色づいてしまひ、そして佐田三五郎と私の隣人とは蜜柑をたべる習慣をもつてゐた。

二助が多忙をきわめてゐる夜、三五郎は二助に命じられてこやしの汲みだしにゆき、そして長いあひだ帰つてこなかつた。丁度私が二助の部屋に飯櫃をはこんだとき、（これは二助と三五郎の徹夜にそなへるためで、飯櫃のうへにはべつに鍋一個、皿、茶碗各々二個、箸等のそなへがあつた）二助はこやしを待ち疲れてゐるところで、彼は火鉢と机と床の間とのあひだを行つたり来たりしてゐた。そして私にこやしの様子をみてくることを命じ、上つぱりのありかをたづねた。二助はいつになく制服のままでゐて、私は昼間洗濯した上つぱりをまだ外に干し忘れてゐたのである。

目的の場処に行くと、三五郎はゐなくてこやしの罎が二つ土のうへにならび、罎は空のままであつた。私は星あかりにすかして漸くそれを認めることができた。物干場は私のゐる地点から対角線にあたる庭の一隅にあつた。そして三五郎と隣人とは、丁度二助の上つぱりの下に垣をへだてて立つてゐたのである。

二助から命じられた仕事にとり掛らうとして、私は、土のうへにいくらでも泪が落ちた。三五郎がそばに来たときなほさら泪がとまらなかつたので、私は汲みだし用具を三五郎の手にわたし、そして上つぱりの下に歩いていつた。

三五郎が女中部屋に来たとき、私は着物のたもとと共に机に顔をふせてゐて、顔をあげることが出来なかつた。三五郎は室内にしばらく立ちどまつてゐたのち私のそばにあつた上つぱりを取り、息をひとつして出ていつた。その後三五郎が幾度来てみても私はおなじありさまでゐたので、三五郎は一度も口をきかないで息ばかりつき、そして二助の部屋に帰つていつた。

最後に三五郎が来たとき、私はあかりが眼にしみて眩しかつたので、机に背をむけてゐた。丁度むかうの釘に一聯のかち栗がかかつてゐて、これは私の祖母が送つてくれた最後の一聯であつた。そして私は羽織の両脇に手を入れ、机にもたれ、この侘しい部屋かざりをみてゐたのである。

三五郎は机に腰をかけ、しばらくかち栗をながめてゐた。彼はなにかいひかかつてすぐよした。私がふたたび泪を拭いたためであつた。三五郎はかち栗をはづして私の頸にかけ、ふたたび机にかけ、そして幾たびか鋭い鼻息をだした。これは三五郎が二助の部屋で吸つた臭気を払ふための浄化作用のやうであつたが、耳のうへでこの物音をきいてゐるうちに私はだんだん悲しみから遠のいてゆく心地であつた。三五郎は私の胸で栗の糸を切り、かち栗を一粒ぬきとり、音をたてて皮をむき、また一粒をたべ、そしていつまでもかち栗をたべてゐた。

三五郎の恋愛期間はこの後幾日かつづいただけで短く終つた。けれど私はこの期間をただ悲しみの裡《うち》に送つたのである。隣人が夜学国文科から帰る時刻になると、三五郎はこやしがたまらないなどと呟きながら女中部屋に避難し、寝そべつて天井をながめては呼吸してゐた。すると私は詩のノオトをもつて一助の部屋に避難した。けれど一助が電気に風呂敷をかけ、そしてただ天井をみてゐることは私に好都合であつた。私は一助に私の泪を気づかれないで時間を過すことができると思つたのである。
茶褐色の部屋のなかで、私はどてらの衿垢を拭いて一助の脚にかけたり、一助の上衣にブラシュをかけたり、別なネクタイをとりだして壁にかけたり、何か一助の身のまはりの仕事をさがした。そして仕事がなくなると一助の机にむかひ、私のノオトに詩を書かうとした。一助の机の前には丁度彼の脚がはいつてゐていくらか狭められてゐたけれど、私はその脚と並んで坐り、一助の顔に背中をむける位置を好んだ。そして一助は私が脚のそばに行くと、ズボンにつつまれた彼の脚を隅つこの方に片づけ、私の詩作のために彼の机を半分わけてくれたのである。けれど私は、はなを啜るのみで詩はなんにもできなかつた。

家族のなかでかはらず勉強してゐるのは小野二助ひとりで、彼はすでに二鉢目の研究を終り、三つ目の蘚にとりかかつてゐる様子であつた。そして隣室のこやしの匂ひや二助のペンの音は、私にひとしほ悲しかつた。

隣家の移転はひつそりしてゐて、私が家族たちの部屋を掃除してゐるあひだに行はれたやうであつた。この日の午後私は二助の部屋でよほど長い時間を費してしまひ、予定の雑巾がけを怠つたほどで、これは私が二助の論文を愛誦したからである。小野二助は学校に出かけるとき私に命じた――

机のうへで最も黄いろつぽい鉢を床の間に移しといてくれ。この鉢はひと眼みただけでそれと解る色を呈してゐるから女の子も間ちがへることはないであらう。それから、女の子が僕の上つぱりを洗濯してくれたために僕自身が身ぎれいになつて部屋のなかがきたなく見えるやうだ。なるたけ清潔にしてみてくれないか。つまり僕の室内を僕の上つぱりに調和するやうに掃除すればいいわけだ。しかし、うちの女の子はこのごろすこしふさいでるね。このごろちつとも音楽をうたはないし、いまはうつむいて、何か黒いものを縫つてゐるが、何を縫つてゐるんだ。

私は黒い肱蒲団を一つ縫ひあげ、二つ目を縫つてゐるところであつた。縫ひあげた分は小野一助ので、縫つてゐる分は私ののつもりであつた。私は一助の室内をなにか賑やかにしたいと考へ、つひに肱蒲団を思ひついたのである。私の材料は、この幾日かを黒いかたまりとなつてバスケットのなかに在つたボヘミアンネクタイであつた。女中部屋はいろいろの意味から私に隠気すぎるので、私は一助の机のそばで仕事をすることにした。鏝でボヘミアンネクタイの皺をのばし、このネクタイについてのいろんな回想に陥り、そして私は、一助と私と揃ひの肱蒲団を作らうと考へた。この考へは一助に対する同族の哀感の結果であつた。

二助の問ひに対して、私は一助の机の下にしまつてゐた肱蒲団をだしてみせた。

「いいねこの蒲団は。うちの女の子はなかなか巧いやうだ。（これはすべて二助が私に与へるなぐさめであつた）僕にもひとつ作つてくれないか。さうだ、僕は丁度きれいな飾り紐を二本もつてゐる。（二助は境のふすまを開けて赤と青の二本の紙紐をもつてきた）これは昨日僕が粉末肥料を買つたとき僕の粉末肥料を包装してあつた紐だが、丁度肱蒲団の飾りにいいだらう。僕のを青くして女の子のを赤くするといいね。ふさいでないで赤い肱蒲団をあてたり、それからうんと大声で音楽をうたつてもいいよ。僕は昨夜で第二鉢の論文も済んだし、当分暢気だからね。今晩から僕はうちの女の子におたまじやくしの講義を聴くことにしよう」

そして二助は学校に出かけたのである。

私は家族たちの部屋を掃除し、二助の部屋に対しては特に入念な整理を行ひ、命じられた鉢をもち指定の場処に移し、それから論文をよんだ。

「余ハ第二鉢ノ植物ノ恋情触発ニ成功セリ。

第一鉢——高温度肥料ニヨル実験

第二鉢——中温度肥料ニヨルモノ

第三鉢——次中温度肥料

第四鉢——低温度

今回成功ヲ見タルハ余ノ計画中第二鉢ニアタル鉢ニシテ、右表ノゴトク中温度肥料ニテ栽培ヲ試ミタル蘚ナリ。

　余ハ此処ニ於テ、今回ノ研究ニ際シテ余ガ舐メタル一個ノ心理ヲ語ラザルベカラズ。即チ余ハ今回ノ開花ヲ見ルマデノ数日間ヲ焦慮ノ裡ニ送リタリ。花開カムトシテ開カズ、情発セムトシテ発セズ。実ニ焦慮多キ数日間ナリキ。而ウシテ、余ノ植物ノ逡巡低徊ノ状態ハ、余ニ一個ノ懐疑ヲ抱カシムルニ至レリ。余ハ懐疑セリ――余ノ植物ハ分裂病ニ陥レルニ非ズヤ、アア、分裂患者ナルガ故ニ斯ク逡巡低徊ヲ事トスルニ非ズヤ。

　余ノ斯ル思想ハ、余ノ恐怖悲歎ニアタヒセリ。余ハ小野一助ノ研究資料トナルゴトキ分裂性蘚苔類ヲ培養セル者ニ非ズシテ、常ニ常ニ健康ナル植物ノ恋情ヲ願ヘル者ナリ。然ルニ、余ノカカル態度ニモ拘ラズ、余ノ植物ハ徒ラニ逡巡低徊シテ開花セザルコト恰モ一助ノ眷恋セル患者ノゴトシ。

　以上ノゴトク不幸ナル焦慮期間中ニ、一夕、余ハ郷里ノ栗ヲチヨコレエト玉ト誤認セリ。余ノ視野ノハヅレニ一皿ノチヨコレエト玉ノ現レタルハ、余ガ机上ニテ二本ノ蘚ノ比較ヲ試ミ居タル時ニシテ、一皿ノチヨコレエト玉ハコトゴトク銀紙ノ包装ヲノゾキ、チヨコレエト色ノ皮膚ヲ露ハシ、多忙ナル余ノ食用ニ便ナル玉ナリ。余ハコノ心ヅクシヲ心ニ謝シ、乃チ一個ヲトリテ口辺ニ運ブ。而ウシテ、アア、コハ一粒ノ栗ナリキ」

　二助の論文はなほ長くつづいてゐて、栗とチヨコレエトを間ちがへた心境などをもし一助に語るならば、一助はすぐ二助を病院に運ぶから、極秘に附しておかなければならないことや、二鉢目の蘚が将に花をひらかうとする状態のままで数日間ためらつてゐたのは、これはまつたく中温度肥料を用ひたせゐで、二助の蘚は決して分裂病ではなく、非常に健康な恋愛をはじめたことなどを委しく記録してあつた。

論文の終つたとき、私は障子のあひだから、家主の老人が蜜柑を収穫してゐる光景をみた。この収穫はいつからはじまつたのであらう。私は障子をもうすこしあけ、二助の土鍋のそばに坐つて庭の光景をながめてゐた。老人は毛糸のくびまきを巻いてゐて、さしわたし七分にすぎない蜜柑を一つもぎ、足もとの小さい笊にいれ、また一つもぎ、垣根に沿つてすこしづつ進んだ。笊がいつぱいになると大きいぬの袋に蜜柑をあけ、また収穫をした。ぬの袋には口からすこし下つたところに太い飾紐がつき蜜柑の木蔭に丁度きんちやくの形で据りよくおいてあつた。そして私はこんなに大きくて形の愛らしいきんちやくを曾つて見たことがなかつた。これはたぶん家主の老人が晩秋の年中行事のために苦心して考案した品であらう。私に気づいたとき家主は蜜柑をざつと一杯はいつた笊を手にして縁にきたが、しかしこの老人は私の頭に対してよほど奇異な思ひをしたやうであつた。私は丁度、二助のノオトを読んでゐたとき頭髪をうるさく感じたので、近くにあつた紐ゴムの環を頭にかけ頭髪を宙に浮かして耳や頸を涼しく保つてゐたのである。家主は漸く笊の蜜柑を縁にあけ、私に硯と紙とをもとめ、一枚の貸家札をかいた。そして小さい字の註をひとつ書き加へたのである。「隣家にピアノあり、音楽を好む人をのぞむ」――たぶん隣家の先生は従妹の心理状態などをすべて三五郎のピアノにかこつけて引越しを行つたのであらう。家主の老人は、どうもあのピアノは縁喜がよくない様だなどと呟きながら私に糊をもとめたので、私は一塊の御飯を老人の掌にはこんだ。

私の隣人は手紙をひとつ三叉の穂に托し、蜜柑の木から私の居間の窓にわたしてゐて、私がそれを手にしたのは夕方であつた。丁度私の窓さきまで収穫をすすめてきた家主は何かおまじないのやうなものがあるといつて私に注意したのである。

「昨夜、夜ふけに私の家族が申しますには、私に神経病の兆候があるやうだからもうすこし静かな土地へ越した方がいいであらう、心臓病のためにもピアノのない土地の方がいいであらうと申しました。私は急に悲しくなつて、御家族から六度ばかり蜜柑をいただいたことや、蜜柑はいつも半分づつであつたことや、それから三叉の穂で会話をとり交したことをみんな言つてしまひました。私の家族は、そんなかけ離れたふるまひ、そんなかけ離れた会話法は、それはまつたく神経病のせゐだから、いよいよ土地を変へなければならないと申しました。そして体操学校の規則書をとる手つづきをいたしました。でも御家族と私とのとり交はした会話法は家族の思つてゐるほどかけ離れたものではないと思ひます。私の国文教科書のなかの恋人たちは、みんな文箱といふ箱に和歌などを托して――ああ、もう時間がなくなりました。私の家族はすつかり支度のできた引越し車のそばでしきりに私を呼んでゐます」

私がいくたびかこの手紙をよんだころ、家主の老人はぬの袋を背にして帰途についた。老人の背中はきんちやく型の袋で愛嬌深く飾られてゐた。そして私の家庭の周囲には一粒の蜜柑もなくなり、ただ蜜柑の葉の垣が残つたのである。

私の恋愛のはじまつたのは、ふとした晩秋の夜のことであつた。この日は夕飯の時間になつても一助が勤めから帰つて来なかつたので、食卓に集つたのは二助と三五郎と私とであつた。そして食事をしたのは二助と三五郎の二人にすぎなかつた。私は二人の給仕をつとめながらまだ一助の身の上を思つてゐたのである。

食事を終つて勉強部屋に帰つた二助は、小さい声で呟いた。

「一助氏はどうしたんだ。あてどもない旅行にいつてしまつたのか」

三五郎はしばらく食卓に頬杖をついてゐたのち私の部屋に行き、私の机に頬杖をついた。そして三五郎は頬杖をしない方の手で私の肱蒲団を持つてみたり、私のスタンドを置きなほしてみたり、私のヘヤアイロンで彼の頭をはさんでみたりしたのである。三五郎は茶の間と台所のさかひも、台所と女中部屋のさかひも閉めないでゐたので、彼の動作は食卓のそばの私にもみえた。三五郎はつひに彼の部屋に行き、「みちくさをくつたジヤツクは　ねむの根つこに腰をかけ　ひとり思案にしづみます」といふコミツクオペラをすこしばかりうたつた。これは、はじめ赤毛のメリイを愛してゐたジヤツクが途中で道草をはじめて黒毛のマリイと媾曳《あひびき》をして、そしてしまひにはまた赤毛のメリイが恋しくなつたといふやうな仕組のオペラであつた。三五郎は元気のないうたひ方でジヤツクの心境をすこしばかりうたひ、しばらく沈黙し、それから外に行つてしまつた。そして彼と入違ひに八百屋の小僧が電話を取りついできたのである。

「柳浩六の宅から小野一助様の御家族に申上げます」

八百屋の小僧が電話の覚書をこれだけ読みあげたとき、小野二助が出てきて覚書をとり、そして部屋に帰つた。私も二助の部屋について行くと、二助は小僧のつづきを次のとほり読みあげた。

「小野一助様は今日夕刻主人柳浩六と同道にて心理病院より当方に立寄られ、夕食は主人とともにしたためられました。御心配下さいませぬやう。さて夕食後、小野一助様は主人柳浩六と主人居間にていろいろ御相談中でありますが、何やらお話がこみ入つてまゐりまして、御両人は急に大声でどなり合ひ、また急に黙つたりなされます。お話は心理病院に入院中の患者様につきまして、御両人が知己《ちき》あらそひをして居られる様子に見受けます。一方が十三日に主治医になつたと申されますと、いま一方は既に十二日には予診室にて知己になつたと申されますやら、よほど難かしい打合せになりました揚句、小野一助様の申されますには、一助様の本棚のもつとも下の段に「改訂版分裂心理辞典」と申す書籍がありまして、その左側に茶色の紙で幾重にも包んだ四角形の品があり、それを至急持参してもらひたいと申されました。四寸に五寸くらゐの四角形と申されます。火急の折から使者はどなた様にてもよろしく、要はひと足も早く御来着下されますやう」

二助は一助の部屋で指定の品をさがし、三五郎の部屋に行つたが、三五郎はまだ不在であつた。二助は部屋に帰つて来て指定の品を私に与へた。

「僕が行くと非常に手間どるから、使者は女の子がつとめてくれないか。この電話をかけた老人は柳浩六氏の家に先代からつとめてゐる従僕で、僕の顔をみるとたちまち懐古性分裂に陥るんだ。浩六氏や一助氏が心理病院につとめてゐることを非常に恐怖して、僕が百姓の学問をしてゐるのを非常に好んでゐるからね。だから僕の顔を見ると電話のとほり鄭重な用語でもつて浩六氏の親父のはなしを四時間でもつづけるんだ。困る。では道順を説明してやらう」

二助は丁度手近にあつた新聞紙に大根や林の形を描き、彼の学問にふさはしい手法で道順を説明した。

「通りを横ぎつてバナナの夜店のうしろから向ふにはいつて行くんだ。少し行くと路の両側が大根畠になつてゐるだらう。するともう遠くの方で鶏小舎の匂ひが漂つてくるから（二助は一本の大根のうへに湯けむりのやうな線の細いものを四五本描いた。これは私が大根畠にさしかかつたとき匂つてくるはずの鶏小舎の匂ひであつた）この匂ひを目あてに歩けばいいんだ。するとだんだん鶏糞の匂ひがはつきりして来て、しぜんと鶏小舎に突きあたるからね。（鶏小舎を一棟描き）幾棟も鶏小舎がならんでゐて、僕はこの家でときどき肥料を買ふことにしてゐる。ここの鶏糞は新鮮で、非常に利くんだ。（二助はここで椅子からふり返り、室内の肥料の様子を見わたした。けれど二助はすこし落ちつきすぎてゐないであらうか。私はいま火急の使者に立たなければならないのである）丁度僕の鶏糞がきれかかつてゐるから今晩買つてきてくれないか。鶏の糞を一袋といへばいいんだ。一助氏の話はどうせ長びくにきまつてゐて帰りには肥料屋が寝てしまふ虞れがあるから、行きに買つといてくれ。肥料を買つたのち右の方をみると楢林があつて、そのさきのある一軒屋が柳浩六氏の家だよ。解つたら う」

二助は鉛筆をおき、なほ二三の注意を加へた。玄関をはいると稀薄な香気に襲はれるやうな心理が涌くが、これは浩六氏の親父が漢法の医者であつた名残りだから平気だ。ただ、従僕の老人が何処にゐてもなるたけ彼の方を省みないやうにしろ。彼はよく玄関の椅子にかけてゐたり、炉の部屋にゐたりする習慣をもつてゐるが、彼がたとひ玄関口の椅子にゐて眼をあいてゐても、なるたけ知らない顔で通過することだ。でないと老人はたちまち昔ばなしをはじめ、先代の先生の頃には当病院の玄関は患者の下足でいつぱいでしたといひ始める。帰りは一助氏を待つてゐて一緒に帰つたらいいだらう。

電話を受けとつてからもうよほどの時間がたつてゐたので、私はいそいで毛糸のくびまきをつけ、そして出かけた。通りの街角で私は三五郎の後影をみとめた。彼は銭湯に行く姿で夜店のバナナをながめてゐたのである。

大根畠にさしかかると寒い風が私の灰色のくびまきを吹き、私の頭髪を吹いた。私は三五郎のことを考へて哀愁に沈みながら歩いたので、二助に命じられた買物を忘れるところであつたが、すこし後もどりして一袋の鶏糞を買つた。そして私は一助にわたす品を左手に抱え、二助の買物を右手にさげて柳浩六氏の玄関に着いたのである。

丁度玄関の椅子はからで（これは三五郎の廻転椅子よりももつと古びた木の腰かけであつた）従僕の老人は室内の炉の前で居ねむりをしてゐた。そして私は深い頰ひげに包まれた従僕の顔を見たときはじめてあたりにただよつてゐる古風な香気を感じ、そしてこの建物が私たちの住んでゐる家屋にも増して古びてゐることに気づいた。

炉の部屋を横ぎつて廊下に出ると病室のなごりらしい部屋が二つ三つならんでゐて、いちばん奥のが柳氏の勉強部屋になつてゐた。室内では柳浩六氏と小野一助とが椅子にかけ、そしてたぶん使者を待ち疲れたのであらう、二人とも深い沈黙に陥つてゐたのである。私は肥料の袋を一助の椅子の後脚にもたせかけ、それから指定の品を一助にわたした。この品は小包み用の紐で緻密に縛りつけてあつたので、一助は茶色の紙のなかから彼の日記帳をとりだすまでによほど手間どつた。それから彼は日記帳ばかりみてゐて柳氏に言つた。

「みろ、僕の気もちは日記帳に文字で記録されてゐる。十三日、新患者入院、余主治医となる。隠蔽性分裂の兆候あり。心惹かるること一方ならず、帰宅してのちまでも――」

「しかし君のうしろにはまだ使者の女の子が立つてゐるんだ。そんな話題はしばらく止せ」

私は一助のうしろで頭を幾つかふり、くびまきを取つた。私の頭髪は途上の風に吹かれたままで、額や耳に秩序もなく乱れてゐる様子であつた。

柳氏は一助のとなりに椅子をひとつ運び、そして私をかけさせた。

「僕は、どうも、いま、変な心理でゐるんだ。君のうちの女の子の顔を何処かで見た気がする」

「小野二助だらう。二助が勉強してゐる時の顔と、うちの女の子がすこしふさいだ時の顔とは、いくらか似てゐるやうだ」

「どうも小野二助ではないやうだ」

「変なことをいつてないで話をすすめやうぢやないか」

「しかし僕たちの話題に女の子がゐては困るよ。それから僕は、どうも、君のうちの女の子が誰かに似てゐて、思ひだせなくて困る。こんな問題といふものは思ひだしてしまふまで他の話題に気の向かないものだ」

柳氏が本棚の前を歩いたり、また椅子にもどつたりしてゐるあひだに私は空腹を感じてきた。私はまだ今日の夕飯をたべてゐなかつたのである。このとき丁度柳氏は廊下に立つて老僕をよび、私のために何かうまいものを買つてくるやうに命じた。老僕はその命令は素直に受け、そして次のやうに口説いた。

「若旦那様、もはや心理病院なぞはやめて下さりませ。きつぱりとやめて下さりませ。心理医者なぞは医術の邪道でござります。況んや小野一助様と御両人で、一人のヒステリ女を五時間もあらそはれるとは！　ああ、これもみな御両人様が分裂病院なぞと申すも邪道に踏みまよつて居られる故でござります。あのやうな病院とはきつぱり縁をきり、先代の先生がのこされた当病院を——」

「早くうまいものを買つてこないか」

柳浩六氏は部屋に帰るなり本棚から一冊の書籍をぬきだし、そして早速目的のべエヂを披いた。

「いまうちの老人の愚痴をきいてるあひだに僕は思ひだしたよ。うちの老人の思想はただうるさいだけだが、不思議に忘れたものごとを思ひださせる。懐古性分裂者の思想は、何か対手の忘却にはたらきかける力を持つてゐるのか。（これは柳氏が一助に問ひかけた学問上の相談のやうであつたが、一助は頭をひとつふつただけで答へなかつた。彼はいろんなことがらのために話の本題に入れないのを不本意に思つてゐる様子であつた）ともかく君のうちの女の子に似てゐたのはこの写真だよ。これで僕の心理は軽くなつたやうだ。似てるだらう」

一助はあまり興味のないありさまで書籍をうけとり、一人の女の小さい写真をながめ、それから私には独逸文字か仏蘭西文字かわからなかつたところの文章をすこしのあひだ読んだ。そのあひだ私は女の写真をながめてゐたが、この写真はよほど佳人で、到底私自身に似てゐるとは思はれなかつたのである。

「似てゐるだらう」

柳氏が賛成を求めたのに対して一助は私とおなじやうな意見をのべた。

「どうも異国の文学を好む分裂医者といふものは変な聯想能力をもつてゐるやうだ。この女詩人とうちの女の子とは、ただ頭髪が似てゐるよ。こんなだだつ広い類似なら何処にでもころがつてゐる」

そして一助は書籍をとぢ、私の椅子の肱かけにおいた。私はその書籍をもつて部屋をでた。私は二人の医師の話題を何処かに避けなければならないのである。

丁度次室の扉の前で私は老僕と出逢つた。老僕は懐古の吐息とともに、皿と土瓶と茶碗とをのせた盆をはこんできた所であつた。そして私は老僕の導くままに次室の客となつた。老人があかりをつけると此処はたたみの部屋で、一隅に小さい机がひとつあり、丁度私が書物をみるのに好都合であつた。老人は机のうへに盆をおき、そして彼の懐旧心を私に語りたい様子であつた。けれど私は彼に対して拒絶の頭をふり、そしてすこし湧いてきた泪を拭いた。ふかい頬ひげのなかから洩れてくる彼の言葉はただ哀愁を帯びてゐて、私はふたたび聞くこころになれなかつたのである。老人は両《ふた》つの掌で私の顔を抱き、そして無言の裡に出ていつた。私は泪を拭きおさめ、塩せんべいにどらやきを配した夕食をたべながら書籍のペエヂをさがしに掛つた。これは何処かの国の文学史であらうか。それともその国の詩人たちの作品集であらうか。ペエヂのところどころに男の写真があり、たまに女の写真があつて、そして他の箇処は私にわからない文字で埋められてゐた。

隣室ではすでに柳氏と一助の話がはじまつてゐて、これはまつたく老僕の見解どほり、二人の医師が一人の入院患者に対する論争であつた。たがひに日記をしらべて患者と知己になつた遅速をくらべたり、決して口を利かない沈黙患者が態度でもつて二人に示した親愛を論じたり、そして交渉は尽きないありさまであつた。

二人が非常にながい沈黙におちいつてゐるあひだに、私はよほど部厚な書物のなかから漸く目的のペエヂをさがしあてることができた。この異国の女詩人ははじめ私が一助の横からみたほどに佳人ではなかつた。私はペエヂを横にしたり縦にしたり、いくたびかみた。そしてこの詩人は、やはり一人の静かな顔をした佳人で、そして私はいつまでこの詩人をみても、やはり柳浩六氏の見方に賛同するわけにいかなかつた――私自身は佳人に遠いへだたりをもつた一人の娘にすぎなかつたのである。

辺りが静寂すぎたので私は塩せんべいを止してどらやきをたべ、そしていつまでも写真をみてゐた。そしてつひに私は写真と私自身との区別を失つてしまつたのである。これは私の心が写真の中に行き、写真の心が私の中にくる心境であつた。この心境のなかで急に隣室の一人が沈黙を破つた。私にはどつちの声かわからなかつたが、

「ああ、僕はすこし煩瑣になつてきた。ありたけの論争ののちには、こんな心理が生れるものか。僕は病院の女の子を断念してもいい心境になつたやうだ」

するともう一人が僕は断念するといひ、また一方が僕は断念したと宣言した。彼等は競争者のゐない恋愛に、はりを失つた様子であつた。そしていまは私も夕食とあついお茶のために睡気をおぼえ、そしてつひに写真のうへに顔を伏せてしまつた。隣室の友人同志はしづかに何をか語りあつてゐるやうであつた。

「僕はいよいよこの家を引きあげることにしよう。漢法薬の香気はじつに人間の心理を不健康にするからね。僕が君の患者に心を惹かれたのも、まつたく僕がこんな古ぼけた親父の病院に住んでゐたからだよ」

「しかし君のうちの老人が承知しないだらう。老人はこの建物のほかに住み場所はないと思つてゐるからね」

「それもまつたく漢法薬の香気のためだよ。うちの老人の懐古性分裂はこの建物を出ればその場で治つてしまふよ。何にしても僕は君の患者を断念すると同時にこの建物がいやになつた。僕は何処か遠い土地に行くことにしよう」

この会話をなごりとして私は睡りに陥つた。

私は自分でたてた皿の音によつて仮睡からさめた。隣室も家のなかもただ静寂で、古風な香気だけがあたりを罩《こ》めてゐた。私が隣室にいつてみようと思つたとき、丁度柳浩六氏が境の扉から顔をだした。氏はたぶん机のうへで私が動かした皿の音をききつけたのであらう。「女の子はまだ待つてゐたのか」

そして氏は机のそばに来て、塩せんべいを一枚たべながら書物の写真をしばらくながめ、それから私をながめた。

「一助氏はさつき帰つたから、僕が送つてやることにしよう」

老僕は丁度玄関の椅子で居睡りをしてゐて、椅子の脚のところには私のくびまきと肥料の袋とが用意してあつた。そして私は毛糸のくびまきをつけ肥料の袋をさげて廃屋のやうな柳氏の居間を出たのである。

楢林から鶏小屋を経て大根畠の路を歩くあひだ、柳氏は書物のなかの詩人について私に話してくれた。彼女はいつも屋根部屋に住んでゐた詩人で、いつも風や煙や空気の詩をかいてゐたといふことであつた。そして通りに出たとき氏はいつた。

「僕の好きな詩人に似てゐる女の子に何か買つてやらう。いちばん欲しいものは何か言つてごらん」

そして私は柳浩六氏からくびまきを一つ買つてもらつたのである。


私はふたたび柳浩六氏に逢はなかつた。これは氏が老僕とともに遠い土地にいつたためで、氏は楢林の奥の建物から老僕をつれだすのによほど骨折つたといふことであつた。私は柳氏の買つてくれたくびまきを女中部屋の釘にかけ、そして氏が好きであつた詩人のことを考へたり、私もまた屋根部屋に住んで風や煙の詩を書きたいと空想したりした。けれど私がノオトに書いたのは、われにくびまきをあたへし人は遙かなる旅路につけりといふやうな哀感のこもつた恋の詩であつた。そして私は女中部屋の机のうへに、外国の詩人について書いた日本語の本を二つ三つ集め、柳氏の好きであつた詩人について知らうとした。しかし、私の読んだ本のなかにはそれらしい詩人は一人もゐなかつた。彼女はたぶんあまり名のある詩人ではなかつたのであらう。

歩行

おもかげをわすれかねつつ
こころかなしきときは
ひとりあゆみて
おもひを野に捨てよ

おもかげをわすれかねつつ
こころくるしきときは
風とともにあゆみて
おもかげを風にあたへよ

（よみ人知らず）

夕方、私が屋根部屋を出てひとり歩いてゐたのは、まつたく幸田当八氏のおもかげを忘れるためであつた。空には雲。野には夕方の風が吹いてゐた。けれど、私が風とともに歩いてゐても、野を吹く風は私の心から幸田氏のおもかげを持つて行く様子はなくて、却つて当八氏のおもかげを私の心に吹き送るやうなものであつた。それで、よほど歩いてきたころ私は風のなかに立ちどまり、いつそまた屋根部屋に戻つてしまはうと思つた。こんな目的に副はない歩行をつづけてゐるくらゐなら、私はやはり屋根部屋に閉ぢこもつて幸田氏のことを思つてゐた方がまだいいであらう。忘れようと思ふ人のおもかげといふのは、雲や風などのある風景の中ではよけい、忘れ難いものになつてしまふ。――そして私は野の傾斜を下りつつ帰途に就いたので、いままで私の顔を吹いてゐた風が、いまは私の背を吹いた。さて背中を吹く風とは、人間のうらぶれた気もちをひとしほ深めるものであらうか。私は一段と幸田氏のおもかげを思ひながら家に着いたのである。

家ではまだ雨戸と障子が閉めないであつて、室内では、祖母がひとりごとを言ひながら私の衣類をたたんでゐるところであつた。私の衣類は簡単服、単衣《ひとえ》、ネル、帯などで、これはみな、私が無精のために次から次と屋根部屋の壁につるしてゐた品々である。

私の祖母は囲炉裏の灰に向つて簡単服の肩の埃をはたき（私の衣類はみな屋根部屋の埃を浴びてゐた）膝のうへで私の古びた半幅帯の皺をのばし、そして縁さきに私の立つてゐるのを知らない様子であつた。そして彼女は、たえず私にかかはりのある事柄を呟いた。うちの孫はいい具合に松木夫人のところへお萩を届けたであらうか。今ごろは松木夫人の許で、松木氏と夫人とうちの孫と三人でお萩をよばれてゐるだらうか。私はそれが心配である。それとももはやお萩の夕食を終つて、松木夫人と街の通りでも歩いてゐるのなら私は嬉しい。お萩をたべてゐるあひだには、松木夫人もうちの孫の運動不足に気づかれたであらう。そして孫を運動に伴《つ》れて出て呉れられたであらう。ああ、うちの孫はこのごろまつたく運動不足をしてゐて、ふさぎの虫に憑かれてゐる。屋根の物置小舎からちつとも出ようとはしない。ふさぎの虫といふのは神経の疲れのことで、神経には甘いものが何よりのくすりだといふ。ああ、うちの孫はお萩をどつさりよばれて呉れればよいが。そして今晩のうちに十里でも歩いて来ればよいに……

　そして祖母は私の単衣の肩についてゐる屋根部屋の釘跡に息をかけたり、ネルの着物をながめたりして時間を送つてゐた。私は縁さきで哀愁の頭を振り、ふたたび家を出た。私は最初家を出たときから重箱の包みを一つさげてゐて、これはもうとつくに松木夫人の許に届いてゐなければならない品であつたが、私の心の道草のためまだ届いてゐないのだ。

　今日の夕方に、私の祖母は急にお萩を作ることを思ひついた。そして大急ぎでお萩を作り、十数個を重箱に詰め、松木夫人の許に届けるやう私に命じた。この命令は、このごろ屋根部屋で一つの物思ひに囚はれてゐる私を運動させるために祖母が企てたものであつたが、（祖母は私のうつらうつらとした状態を、ただ運動不足のせゐだと信じてゐたのである）私は重箱をさげて家を出ると間もなく重箱のことを忘れてしまひ、そしてただ幸田当八氏のことのみ思ひながら野原の傾斜に来てしまひ、そしてつひに雲や風の風景のなかで、ひとしほ私は悲しい心理になつて家に引返したのである。そのあひだ、私はつひに重箱のことを忘れどほしであつた。

さてふたたび家を出た私は、もう心の道草をすることなく真直に松木夫人の許に着かなければならない。私はふたたび重箱の重さを忘れまいとした。もう夕食の時刻も迫つてゐる。そして私はまだ夕食前であつた。祖母は私に夕飯を与へないで重箱の包みを与へ、そして私を家の外にやつてしまつたのである。祖母の楽しい予想によれば、私はまづ松木夫人の許でお萩の夕食をよばれて神経の営養をとり、それから松木夫人は運動不足の私とともに十里の道をも散歩しなければならないであらう。重箱のなかのお萩は略《ほぼ》これだけの使命を帯びてゐた。

私はなるたけ野原の方に迷ひださないやう注意しながら松木夫人の宅に向つた。けれど、私は、やはり幸田当八氏のことを考へてゐて、絶えず重箱の重いことを忘れてしまひさうだつた。すると私は左手の重箱を右手に持ちかへ、そしてお萩の重いことのみを考へようとした。けれど右手が重くなつて三十秒もすると私はすでに幸田当八氏のことを考へてゐたのである。

さて私の心情をこのやうに捕へた幸田当八氏について、私はいくらか打ちあけなければならないであらう。私がまだ屋根部屋に移らないでゐたある日のこと、私の兄の小野一助が祖母に当てて端書の紹介状を一枚よこした。端書は「余の勤務せる心理病院の一医員、分裂心理研究の熱心なる一学徒幸田当八を紹介申上げ侯」といふ書出しで、当八はこのたび広く研究資料を集めるため、各地遍歴の旅を思ひ立つた。当八は余等が分裂心理学の上に一つの新分野を開拓すべき貴重な資料を齎《もたら》し帰るであらう。余等数人は昨夜当八の門出を送る宴を張り、余は別離の盃にいくらか酔つたやうである。そして当八は今日出発した。そのうち祖母の許にも到着するであらう。数日のあひだ滞在するであらう。そして滞在中はいろいろモデルを要するであらう。十分の便誼をたのむ。

小野一助の端書の意味を祖母に理解させるのは、よほど骨の折れる仕事であつた。祖母は私たちの家庭に来客のあるといふことを漸く理解した様子であつたが、しかし「モデル」とは何のことであらう。この言葉の意味は、つひに私にも解らなかつたのである。この疑問について私が小声で呟いてゐると、

「お前さんの字引にもありませんのか」と祖母は言つた。

「いまどきは、兄さんたちや若い衆のあひだに、いろいろ難かしいことがはやつてゐて、私等にはとんと解りはせぬ。解るまで字引を引いてみて下され」

「モデルといふのは絵かきの使ふもので、絵の手本になる人間のことだけど、しかし、医者のモデルといふのは字引にも出てゐないでせう」と私は言つた。

「これは困つたことになつた。モデルといふのは手本になる人間のことで、お医者様の手本になる人間といふのは——（私の祖母はしばらく思案に暮れてゐた）ああさうぢや、お医者様の手本とは病人のことにちがひない」

それから祖母は炉の灰に向つて吐息をつき、打ちしめつた声で言つた。お医者様のモデルが病人のことなら、世の中にモデルの種は尽きないであらう。世の中は病人だらけではないか。松木夫人の弟さんも毎日薬ばかりのんで、おかしな文章を書いて居られるさうぢや。たぶん頭の病気に罹つて居られるのであらう。このあひだも、烏は白いといふ文章を書かれたといふ。うちの小野一助や、こんど来られるお客様の病院は、何でも頭や心の病気をほぐしてゆく病院といふことぢや。幸田当八様が来られてモデルが要るやうであつたらば、第一番に松木夫人の弟さんをモデルにして頂くことにしよう。

けれどこんな話の途中で、私の祖母は急に部屋の心配をはじめた。お客様がみえたら、どの部屋を幸田当八氏の居間にしたものだらうと祖母は苦心をはじめたのである。

「座敷では、夜淋しい音がして、お客様が睡れぬと思ふのぢや。秋風の音は淋しい」

祖母は私を座敷に伴れてゆき、室のまんなかに私を立たせ、そしてお前さんのよい耳でよく聴いてみてくれと言つた。そして私は、耳の底に、もつとも淋しい秋風の音をきいたのである。これは隣家の垣根にある芭蕉の幹が風に揺れる音であつた。

この日のうちに私は屋根部屋に移転した。祖母と私とはしばらく考へた末、私の部屋を来客の居間に充てたのである。私の部屋は二坪半の広さを持つてゐて、隣家の芭蕉からいくらか遠ざかつてゐた。

さて私の新居は、旧居よりも一階だけ大空に近かつたけれど、たいへん薄暗い場処であつた。私の新居には壁の上の方に小さい狐窓が一つしかなかつたのである。これはまつたく私の祖母が日ごろ物置小舎として使つてゐる純粋の屋根裏で、天井板のない三角形の天井と、畳のない床板とのあひだに在る深さの浅い空間にすぎなかつた。とはいへ、狐窓の外には丁度柿の枝が迫つてゐて、私の新居には秋の果物がゆたかであつた。

私は狐格子のあひだから柿を取つてはたべ、またたべながら、新らしい住居の設備をした。そして私は殆んど物置小舎の保存品だけで設備を終ることができた。壁に沿つて横はつてゐる一個の長持は丁度人間の寝台によかつたので私はその傍に岐阜提灯を一つ吊して電気の代りとした。私の岐阜提灯はもはや廃物となつてゐて、胴体のあたりがかなり破れてゐたけれど、しかしこの破損も時には私の役に立つであらう。私がもし無精してゐて消燈したいときは、寝台から動くことなく提灯の破損を目がけて息をひとつ送ればいい。すると私の送つた息は岐阜提灯の骨を越えて直ちに灯を消すであらう。――私が岐阜提灯を吊したのは、丁度その動作に適した場処であつた。

次に私は四つの蜜柑箱と、一年に一度しか要ることのない正月の餅板とで机を作り、その前にうすべりを一枚敷き、餅取粉の吹きだしてゐる机の片隅に古びた台ラムプを一つ置いた。そして最後に私は旧居の壁に懸つてゐた私の衣類を一枚のこらず屋根部屋の壁に吊した。私は薄暗い屋根部屋に、できるだけ旧居の情趣を与へたかつたのである。祖母は夏の簡単服を新居に移すことは不賛成で、もはや秋だから、夏の服は洗濯して蔵《しま》ひなされと注意した。しかし私は祖母に賛成することが出来なかつた。そして私が古ぼけたおしめの乾籠に腰をかけ、旧居とおなじ順序に並んだ屋根部屋の衣類をながめ、そして柿をたべてゐるとき、階下では祖母が幸田氏の部屋にはたきをかけてゐた。

私の移転から七日も経つたと思ふころ、漸く幸田当八氏は到着した。丁度私の祖母は来客を断念しかかつたころで、お客様は途中でふと気が変つて、もはやうちに見えないであらう。お前さんももはや不便な思ひで長持のうへに寝ずともよい、もとの部屋に帰つて来なされと注意しはじめてゐたころであつた。また私自身も、祖母が囲炉裏の焚火をするたびに、煙はみんな私の住ゐにのぼつて来て窓の狐格子のそとへはなかなか出て行かないので、もう旧居へ帰つてしまはうと考へてゐたのである。丁度この折に、幸田当八氏は大きいトランクを一個提げて到着した。氏の持物はそれだけであつた。そして氏はトランクとともに予定の部屋の客となり、二時間のあひだぐつすり睡り、眼がさめると同時に私の旧居の机に向つて何か勉強をはじめた。

夕食後の炉辺で、私の祖母はモデルのことを幸田氏にきいたり、松木夫人の弟のことを告げた。幸田氏は氏の取調べにモデルの要らない旨を答へ、（とはいへ、幸田氏は、まつたく私自身を研究のモデルに使つたのである）それからトランクの中の書物を一冊取つてふたたび炉辺に帰つた。これは戯曲全集第何巻といふ書物であつた。

幸田氏はしばらく書物のペエヂをしらべてゐたのち、披《ひら》いた書物を祖母にわたし、そのせりふを朗読してくれといつた。

私の祖母はよほどあわてて、頭を二つ三つ続けさまに振り、急には言葉も出ないありさまであつた。そして祖母は眼鏡をかけてゐないのに、眼鏡をなほす動作をしたのである。私は炉の部屋の鴨居から老眼鏡をとり、祖母の眼にかけた。

「ああ――」

祖母は指定されたせりふの最初の一句を発音しただけで、次の句を続ける術を知らなかつた。幸田氏は熱心な態度で炉の灰をながめ次の句を待つてゐたが、祖母はすでに戯曲全集を私の膝に移し、眼鏡の汗を拭きながら言つた。

「ああ、何とむづかしい文字やら。私にはこのやうな文字は読めませぬ」

このとき私は漸く理解した。私の祖母は、幸田氏の心理研究の最初のモデルに挙げられたのである。氏はたぶん、人間の音声や発音の仕方によつて、人間の心理の奥ふかいところを究めてゐるのであらう。しかし祖母のモデルでは、幸田氏はすこしも成功しなかつた。氏は頭を一つ振つて立上り、戯曲全集の別の分を取つて来て私に与へた。そして私は、あゝ、何といふ烈しい恋のせりふを発音しなければならないのであらう。私はたゞ膝のうへのペエヂを黙読するだけで、すこしも発音はできなかつた。すると幸田氏は「女の子といふものはまるで内気なものだ。これでは僕の研究が進まなくて困る。せめてお祖母さんのそばを離れてみよう」

といつて、私を氏の居間に伴れていつた。丁度このとき私の祖母は炉辺で眼鏡をかけたまゝ居睡りに入らうとするところであつた。

けれど私は幸田氏の部屋でも戯曲を朗読することはできなかつた。

「まだお祖母さんを恥しがつてゐるのか。仕方がないから二階に行くことにしよう。二階ならせりふがお祖母さんに聞えないから大丈夫だ」

私は私の部屋の岐阜提灯と台ランプを二つともつけ、それから幸田氏を室内に案内した。幸田当八氏は餅板の机に肱をかけて私の発音を待つてゐたが、そのうち洋服の肱に餅取粉の附いていることに気づき、粉をはたくために狐窓に行つた。そして当八氏は窓の柿を数箇とり、私の机のうへに柿をならべたのである。

幸田氏と私とは何時とはなく柿をたべはじめてゐた。幸田氏はもううすべりの上に坐るのは止めて椅子にかけ、そして秋の果物をよほどたくさん喰べたのである。幸田氏のかけてゐる椅子は、私の祖母が屋根裏の片隅に蔵つてゐる古ぼけたおしめの乾籠であつた。

柿を一つ喰べると私はふしぎにせりふの発音をすることができた。たぶん、おしめ籠に腰かけて柿を喰べてゐる幸田氏の態度が私の心を解きほぐしたのであらう。

「あゝ、フモオル様、あなたはもう行つておしまひになるのでございますか。野を越え谷を越え、あゝ、幾山河を行つておしまひになるのでございます」

これは一篇の別離の戯曲であらう。私がそんなせりふを朗読すると、幸田当八氏はまだ柿をたべながら男の方のせりふを受持つた。幸田氏のせりふは柿のために疲れたやうな発音であつたが、そのために私たちの朗読は却つて哀愁を増した。

幸田氏の滞在はほんの数日間であつたが、この期間を私はたゞ幸田氏と二人で恋のせりふの交換に費した。私がマルガレエテになると幸田氏は柿をたべてゐるフアウストになり、私が街女になると幸田氏は柿をたべてゐるならずものになつた。そして何を演《や》つてもつねに柿をたべておしめ籠に腰かけてゐたのは、私を恥しがらせないための心づかひであつた。幸田氏のトランクは戯曲全集でいつぱいだつた。けれど私たちの朗読に掛けられない恋の戯曲は、もう一ペエヂもなかつたであらう。そしてあゝ、幸田氏はつひに大きいトランク一個とゝもに次の調査地に行つてしまつたのである。

私を研究資料として書き入れてゐた幸田氏のノオトが、どんな内容を持つてゐたかを私は知らない。私はたゞ、幸田氏の行つてしまつたのちの空漠とした一つの心理を知つてゐるだけである。私はただせりふの朗読に慣れた口辺が淋しく、口辺の淋しいまゝに幾つでも窓の柿をたべた。当八氏の残していつた籠の椅子に腰をかけ、餅板の机に柿をならべ、そして私は幾つでもたべた。私は餅取粉の表面に書いた。「あゝ、フモオル様、あなたはもう行つておしまひになりました」

祖母はいくたびか旧居に降りて来ることを命じた。けれど私は屋根部屋に住み、窓の狐格子をとざし、そして祖母の焚火の煙に咽《むせ》んだ。

幸田当八氏に対する私の心境をすこしも知らない私の祖母は、すべての状態を運動不足のためだと信じ、出来るだけ私を歩行させようと願つた。そしてつひにお萩をつくり、私を松木夫人の許にやつたのである。

私のお萩はあまり松木家の夕食に役立たなかつた。私が途上であちこちしてるうちに、松木家の夕食は済んでしまつたのである。食卓の食器はみんな片づいてゐて、卓上には食事に関係のない二点の品が載つてゐた。それは一冊の薄い雑誌と、一罎のおたまじやくしとであつた。松木氏はおたまじやくしと雑誌とを代る〲にながめよほど不機嫌な様子で、松木夫人は膝のうへにあまり清潔に見えないところのズボンを一着のせて綻びを縫つてゐた。以上のやうな光景のなかに私のお萩はとゞいたのである。

松木氏はまづさうな表情でお萩を半分だけ噛みくだしそして言つた。

「何にしても、土田九作くらゐ物ごとを逆さに考へる詩人はゐないね。言ふことが悉く《ことごと》逆さだ。烏が白いとは何ごとか。神を恐れないにも程がある。僕は動物学に賭けても烏のまつくろなことを保証する。お祖母さんのうちの孫娘も一度土田九作の詩を読んでみなさい」

松木氏は雑誌を私の方によこした。そのペエヂには詩人土田九作氏の「からすは白きつばさを羽ばたき、唖々と嗤《わら》ふ、からす嗤へばわが心幸おほし」といふ詩が載つてゐた。この作者は松木夫人の弟で、いつも物ごとを逆さにしたやうな詩を書き、そして常に動物学者の松木氏の悲歎にあたひしてゐたのである。

「何にしても、あの脳の薬を止させなければ駄目ですわ」

夫人はやはりズボンを繕ひながら言つた。このズボンはどうも土田氏のものらしかつた。

「あらゆるくすりを止させなければならない。土田九作くらゐ薬を用ひる詩人が何処にあるか。消化運動の代りには胃散をのむし、睡眠薬を毎夜欠かしたことがない。だから鳥が真白に見えてしまふのだ」

「だからちよつと外出しても自動車にズボンを破られてしまふのですわ」

「ところでこんど九作の書く詩は、おたまじやくしの詩だといふ。あゝ、何といふ恐ろしいことだ。実物を見せないで書かしたら、土田九作はまた、おたまじやくしは真日な尻尾を振り——といふ詩を書くにきまつてゐる。まるで科学の冒瀆だ。だから僕は、僕の研究室で、時ならぬおたまじやくしの卵を孵化さしてやつたのだ。眼の前に実物を見て書いたら、土田九作でもすこしは気の利いた詩を書けるであらう。ところで（と松木氏は私に向つて）お祖母さんのうちの孫娘は、非常な運動不足に陥つてゐるやうだね。だから（と氏は夫人に言つた）おたまじやくしを届けがてら孫娘を火葬場あたりまで伴れていつたらいゝだらう。丁度いゝ運動だ」

けれど松木夫人はまだズボンの修繕が済まなかつたのでおたまじやくしは私が届けることになつた。

私は季節はづれのおたまじやくしを風呂敷に包み、松木夫人の注意で重箱の包みをも持つた。土田九作氏がもし勉強疲れしてゐるやうだつたらお萩をどつさり喰べさしてくれと夫人はいつて、九作氏の住居は火葬場の煙突の北にある。木犀が咲いてブルドツクのゐる家から三軒目の二階で階下はたぶんまだ空家になつてゐるであらう。二階の窓には窓かけの代りとして渋紙色の風呂敷が垂れてゐるからと説明した。

私は祖母の希望どほりたくさんの道のりを歩いた。けれどついに幸田当八氏を忘れることはできなかつた。木犀の花が咲いてゐれば氏を思ひ、こほろぎが啼いてゐれば氏を思つた。そして私は火葬場の煙突の北に渋紙色の窓を見つけ、階下の空家を通過して土田九作氏の住居に着いた。

九作氏は丁度おたまじやくしの詩について考へこんでゐるところであつたが、私が机のうへにおたまじやくしの罎をおくと、氏は非常に迷惑な顔をしておたまじやくしを机の下の暗がりにかくした。氏はおたまじやくしの詩を書くときその実物を見ると、まるで詩が書けないといふ思想を持つてゐたのである。

それから土田氏は私に対し非常に済まない様子で、一つの願ひを出した。

「ミグレニンを一オンス買つて来てくれないか。二時間前から切れてゝ頭が苦しい」

私は茶色の一オンス罎を受取つて薬局に出かけた。

私が頭の薬を買つて帰つてみると、九作氏は重箱をあけてお萩をたべてゐるところだつた。

しばらくののち氏は箸をおいて頭をふり、ひとりごとを一つ言つた。

「どうも、僕は、いくらか喰べすぎをしたやうだ」

九作氏は机の抽斗をさがして胃散をとりだし、半匙の胃散を服《の》んだ。氏の罎には胃散が半匙しか残つてゐなかつたのである。氏はしばらくのあひだ頭を振つてみたり詩の帳面に向つてみたりして胃散の利目を待つてゐる様子であつたが、つひに、ひどく言ひ難さうな態度で、胃散を一罎買つてきてくれないかと言つた。そしてなほお萩と胃と頭脳のはたらきとの関係について述べた――甘いものは頭の疲れに好いと人々は信じてゐるやうだが、度を過すと胃が余りに重くなる。胃があまりに重くなると、胃の重つくるしさは頭にのぼつて来て、頭脳がじつと重くなつてしまふのだ。この順序を辿つてみると甘いものゝ一つであるお萩は、じつに頭に有害なものではないか。

土田九作氏は机の抽斗を閉めることをも忘れて、たゞ頭の状態を気にしてゐた。そして氏の抽斗には、いろんな薬品のほかに何もなかつた。

さて私は、ふたゝび薬局をさして出かけなければならなかつた。それにしても、この一夜は、私に取つて何と歩く用事の多い一夜であらう。そして土田九作氏は、何と彼の住居にぢつとしてゐたい詩人であらう。氏はいつもあの二階に籠つてゐて、胃散で食後の運動をしたり、脳病のくすりで頭の明晳を図つたりして、そして松木氏や松木夫人の歎きにあたひする諸々の詩を作つてゐるに違ひない。——私は途々こんなことを考へて、つひに暫くのあひだ幸田当八氏のことを忘れてゐた。

私が胃散の罐とゝもに帰つて来ると、土田九作氏はおたまじやくしの罐を机の上に取りだし、おたまじやくしの運動をながめつゝ何か呟いてゐた。そして氏は私の帰宅をも知らない様子だつた。——僕はつひにおたまじやくしの詩作を断念した。実物のおたまじやくしをひと目見て以来僕は決しておたまじやくしの詩が書けなくなつた。松木氏は何と厄介な動物を届けてよこしたのだらう。

さて土田九作氏は胃散の封を切つて多量の胃散をのみ、詩の帳面に向つたが、しかし氏は一字の詩も書いた様子はなかつた。そのあひだ私は罐の中のおたまじやくしを見てゐた。季節はづれの動物は狭い罐のなかを浮いたり沈んだりして、あまり活潑ではない運動をしてゐた。このおたまじやくしにも何か悲しいことがあるのであらう——そして私は、ふたゝび幸田当八氏のことを思ひだし、しぜんと溜息を吐《つ》いてしまつたのである。すると土田九作氏も大きい息を一つして、

「何か悲しいことがあるのか。悲しい時には、あんまり小さい動物などを瞶《みつ》めると心の毒になるからお止《よ》し。悲しい時に蟻やおたまじやくしを見てゐると、人間の心が蟻の心になつたり、おたまじやくしの心境になつたりして、ちつとも区別が判らなくなるからね。(そして土田氏は、おたまじやくしの罐を幾重にも風呂敷で包んでしまひ階段の上り口に運んで)こんな時には、上の方をみて歌をうたふといゝだらう。大きい声でうたつてごらん」

といつた。けれど私はつひに歌をうたふことが出来なかつた。そしてつひに土田九作氏は、帳面の紙を一枚破りとり、次の詩を私に教へてくれたのである。しかしこの詩は九作氏の自作ではなくて、氏が何時か何処かゝら聞いたのだと言つてゐた。帳面の紙には――

おもかげをわすれかねつゝ
こゝろかなしきときは
ひとりあゆみて
おもひを野に捨てよ

おもかげをわすれかねつゝ
こゝろくるしきときは
風とゝもにあゆみて
おもかげを風にあたへよ

地下室アントンの一夜

（幸田当八各地遍歴のノオトより）

心愉しくして苦がき詩を求め、心苦がければ愉しき夢を追ふ。これ求反性分裂心理なり。

（土田九作詩稿「天上、地上、地下について」より）

空には、太陽、月、その軌道などを他にして、なほ雲がある。雨のみなもともその中に在るであらう。層雲とは、時として人間の心を侘しくするものだが、それはすこしも層雲の罪ではない。罪は、層雲のひだの中にまで悲哀のたねを発見しようとする人間どもの心の方に在るであらう。

太陽、月、その軌道、雲などからすこし降つて火葬場の煙がある。そして、北風。南風。夜になると、火葬場の煙突の背後は、ただちに星につらなつてゐる。あひだに何等ごみごみしたものなく、ただちに星に続いてゐる地球とは、よほど変なところだ。肉眼を水平から少しだけ上に向けると、もういろんな五味はなくなつてゐる所だ。北風が吹くと火葬場の煙は南に吹きとばされ、南風の夕方は、煙は北へ向つてぼんやりと移る。これは煙のぐづぐづ歩きみたいなものだ。まるでのろくさとしてゐて、その速度は僕のペンの速度に似てゐる。北風の日は頭がいくらか冴え、南風の日は冴えるといふことがない。頭の内壁のあちこちで、限りなく、鈍い耳鳴りが呟いてゐるだけだ。何といふ愚劣な頭だらう。南風が吹きはじめると、幾度でも左右に振つてみなければならない。小刻みに四つばかり震動さしてみて、漸く肩の上に頭の在ることが解る。

空には略《ほぼ》右のやうな品々が点在してゐた。しかし、それ等の点在物は決して打つかり合はなかつた。打つかり合ふのは、其処に人間が加はるからだ。僕の耳鳴りにしても、南風に吹かれる人間の頭が此処に存在するから、それで耳鳴りも起つてくるわけだ。南風だけが静かに空を吹いてゐたら、頭の内壁の呟きなどは決して起らないであらう。——空の世界はいつも静かであつた。

地上は、常に、決して空ほど静かではないやうだ。いろんな物事が絶えず打つかり合つてゐる。

地上には、まづ僕自身が住んでゐる。これは争ふことのできない事柄だ。僕が絶えず部屋の中にじつとしてゐるからといつて、僕のことを煙のやうな存在だと思はれては困る。僕はときどき頭を振つて、僕の頭の在処を確めなければならないが、しかし、今も、僕は、この通り、呼吸をしてゐる。僕の心臓は、ものごとを考へ過すと考へごとに狭められて、往々止まる癖はあるが、大抵の時正しい脈膊を刻んでゐる。時々、好い詩を書けなくてぼんやり考へ込んでゐるとき、僕は、机の向ふに垂れてゐる日よけ風呂敷に僕の精神を吸ひ込まれて、風呂敷が僕か、僕が風呂敷か、ちよつと区別に迷ふことはあるが、それにしても、ぢき、僕の心は、一枚の風呂敷から分離して僕自身に還るんだ。非常に確実に還つてくる。この確実さについては、何人も疑ふ資格はないであらう、動物学者松木氏、その夫人といへども。彼等はつねに僕を曲解してゐて、正しい理解をしようとはしない。僕は蔭ながらいつも不満に思つてゐる。動物学者は何処まで行つても動物学者であらう。おたまじやくしは蛙の子であるといふことしか理解しないであらう。僕は知つてゐる。おたまじやくしのみなもとは蛙の卵であつて、はてしなく、雲とつづいた寒天の住ゐの中に、黒子《ほくろ》のごとく点在してゐる。どの三十ミリメエトルを切りとつてみても、その模様は細かいさつま絣の模様にすぎない。何と割切れすぎる世界だ。動物学者の世界とは、所詮割切れすぎてぢきマンネリズムに陥る世界にちがひない。とまれ、僕の住ゐと松木氏の動物学実験室とは、同じ地上に在る二つの部屋であるとはいへ、全然縁故のない二つの部屋だ。僕の室内では、一枚の日よけ風呂敷も、なほ一脈のスピリツトを持つてゐる。動物学実験室では、おたまじやくしのスピリツトもそれから、試験管の内壁に潜んでゐるスピリツトも、みんな、次から次と殺して行くぢやないか。僕は悲しくなる。そのくせ、松木氏がスピリツトを一つ殺すごとに、氏の著述は一冊づつ殖えて行くんだ。「桐の花開花期に於ける山羊の食慾状態」「カメレオンの生命に就いて」「猿と夢の関聯」「マンモス・人間・アミイバ」

「映画の発散する動物性を解析す」「季節はづれ、木犀の花さく一夜、一罎のおたまじやくしは、一個の心臓にいかなる変化を与へたか」――ああ、松木氏の動物学の著述の背文字は、あまりに数多くて覚えきれないほどだ。氏は著述が一冊殖えるごとに、実験室の壁際に一冊づつ積み上げることにしてゐる。その堆積はいまに天井に届くであらう。そして僕には一冊の詩集もないのだ。これは何と大きい問題であらう。寧ろ矛盾だ。僕は幾冊かの肉筆詩集のほかに、詩集といふものを持たないのだ。

肉筆詩集とは何であらう。それは世の中に一冊しか存在することのない詩集のことだ。一冊しか存在しない故に、読者はつねに一人だ。そして、作者と読者とは、つねに同一人である。

肉筆詩集の上には、つねに作者の住ゐのほこりが積り、そのペエヂには、往々にして、一人しかゐない読者の吐息が吐きかけられるものだ。この吐息の色は、神様だけが御存じの色である。

松木氏の著書のうち、一つだけ僕の方になる分がある。「季節はづれ、木犀の花さく一夜云々」といふ一冊だ。何といふ長い背文字であらう。

「季節はづれ
木犀の花さく一夜
一罎のおたまじやくしは

一個の心臓にいかなる変化を与へたか」

この標題を読んだとき、僕は、動物学者松木氏を、一人の抒情詩人と間ちがひさうであつた。しかし、僕は、曾つて松木氏の著述の中味を読んだことがないので（何故といへば、氏は万物からことごとくスピリットを除きあとの残骸を試験管で煮つけたり、匙で掬つたり、はかりに掛けたりするからだ。かうして出来上つたのが氏の幾十冊の著述だからだ。そんな書物を読むよりは、動物学者によつて取除けられた無数のスピリットの行方について僕は考へなければならないのだ）だから、僕は、松木氏の動物学の一ペエヂをも読まなかつたので、桐の花の開花期に、山羊がどんな食欲を起したかを知らなかつた。変色動物のカメレオンが、この世に幾年の生命を保つかをも。

しかし、どうも、僕の考へは、あちこち道よりをしさうで困る。人間とは、一つの告白をしようと思ふとき、ぶつぶつ他のことを呟いてゐる生物だ。まるで厄介だ。要するに僕は松木氏著「木犀の花さく一夜」一冊について告白を一つすればいいのだ。問題はそれだけのことで、至極簡単なことなんだ。さて、これは、いつたい、どうした一夜であらう。動物学者は、まるで、一冊の著の標題でもつて、僕の心の境地を言ひ当ててゐるぢやないか。松木氏は、ふとしたら、動物学者ではなくて、心理透視者ぢやないかと思ふ。僕はとても疑つてゐる。疑へば疑ふほど、あいつは怪物になつてしまふんだ。あいつは何時も平然とした表情をして、五情なんか備へてゐません顔をしてゐる。

あんなやつこそ、地震がやつて来ても、脈膊の数の変らない人種なんだ。不死鳥の心臓なんだ。思つただけで僕の脈膊は速くなつてしまふ。僕は、七度生れ変つて来ても、松木氏ほどの心臓は得られないであらう。おお、松木氏！　僕はもう隠しません。あなたに隠してゐると、僕は、だんだん心臓を締めつけられて、苦しくなつて来るんです。一分ごとに。一秒ごとに。おお、松木氏！　僕はあなたに告白します。僕の心理は、あなたが著書の標題で言ひ当てられたとほりです。間ちがひもなく、季節はづれ、木犀の花さく一夜、一罎のおたまじやくしは、僕の心臓に変化を与へてしまひました。じつはかうなんです。そのころ、僕は、おたまじやくしの詩を一篇書きたいと願望してゐました。切に願望してゐました。梅雨空から夏、夏から秋にかけて、僕は、二階の借部屋で、おたまじやくしのことばかし考へ込んでしまひました。おたまじやくしは、桐の花の咲くころ地上に発生します。地上に発生するころは、空は梅雨空です。天上も地上もこめて、いちめんに灰色で、頭のはたらきまでが鈍角です。こんな季節に、人間は、ナイフにしようか、結晶体にしようか、瓦斯にしようか、うんと頑固な麻繩にしようかと考へるものです。しかし、べつに、そんな道具を手許に買ひ集めるわけではありません。そのうち夏が来て、僕の窓からは、西日が憚《はばか》りなく侵入しました。身辺があまりに暑くなると、人間は、暫くのあひだ死ぬ考へを止《よ》します。止しても、おたまじやくしの詩作が出来上るわけではありません。そして秋を迎へました。

木犀の花は秋に咲いて、人間を涼しい厭世に引き入れます。咽喉の奥が涼しくなる厭世です。おたまじやくしの詩を書かしてくれさうな風が吹きます。火葬場の煙は、むろん北風に吹きとばされて南に飛びます。このやうな一夜、丁度僕がおたまじやくしの詩を書かうとしてゐた時、松木氏から人工孵化のおたまじやくしが届いたんです。使者は、おばあさんの家の孫娘小野町子でした。

松木氏、この一夜にあなたのされたことは、悉《ことごと》く失敗に終りました。おたまじやくしの詩を書かうとするとき実物のおたまじやくしを見ると、詩なんか書けなくなつてしまふんです。小野町子が季節はづれの動物を僕の机の上に置くと同時に、僕はもう、おたまじやくしの詩が書けなくなつてしまひました。僕は大きい声で告白しなければなりません。僕は実験派つてやつではないのです。僕はほかのものです。僕は、恋をしてゐるとき恋の詩が書けないで、恋をしてゐないときに、かへつてすばらしい恋の詩が書けるんです。僕を一人の抒情詩人にしようと思はれたら、僕の住ゐに女の子の使者なんかよこさないで下さい。それにも拘らず、松木氏は、僕の住ゐにひどく鬱《ふさ》ぎこんだ一人の女の子をよこしてしまはれました。そこで僕はおたまじやくしの詩作を断念し、かへつて恋に打つかつてしまつたんです。おお、松木氏、これは何といふ始末でせう。

おたまじやくしの使者小野町子は、ひと目見て失恋者でした。失恋者の溜息とは、ごく微かなものです。微かな故に僕の心情を囚へはじめました。囚へはじめた故に、僕は、女の子を幾度でも薬局に使ひにやりました。丁度僕の抽斗には、僕の日用薬品が次から次と切れてゐたのです。僕は、僕の方で恋をしかかつてゐる女の子に側にゐられることを好みません。側にゐられればゐられるだけ、ほんとの恋がはじまつてしまふからです。はじまつてしまつたら、僕は、恋の詩が書けなくなるからです。

松木氏、僕は、いま、少し疲れました。告白などした後というものは、疲れて侘しいものです。先きを急いでしまひませう。小野町子は、幾度でも薬局に出かけました。薬を買つて僕の住ゐに帰つて来ては、幾つかの溜息を吐《つ》きました。失恋してゐる女の子とは、片つぽだけ残つた手袋のやうなものです。身近かに、こんな様子の女の子にゐられると……しかし、女の子の方では、彼女の側にそんな奴がゐるなんて考へても見ないです。考へてもみない女の子に対して僕の為し得たことは、小野町子に詩を一つ書いてやつたことでした。「失恋したら風に吹かれろ。風は悲しいこころを洗つてくれるだらう」といふやうな詩を一つ。

小野町子はその詩を八つか十六かに細かく折りたたんで袷《あわせ》のたもとに入れ、それから風の中を帰つて行きましたが、この夜の風が町子の失恋を洗ひ去つてくれたか如何《どう》かを僕は知りません。なぜといへば、僕はそれつきり小野町子に逢ふこともなかつたのです。ただ、僕は、町子のゐなくなつた室内で、いつまでも町子の置いて行つた一罎のおたまじやくしを眺めてゐました。小さい動物をいつまでも眺めるのは、人間が恋をはじめた兆候です。秋のおたまじやくしは、罎の壁を通して、黒ごまみたいに縮んで見えたり、黒い卓子匙ほどに伸びて見えたりしました。そして、縮んだおたまじやくしも、伸びた分も、一匹残らず片恋をしてゐました。人間の眼に、小動物も亦《また》五情を備へてゐるやうに見えだしたら、もうおしまひです。片恋をしてゐるおたまじやくしを眺めてゐる人間は、彼もまた片恋をはじめてしまつた証拠です。これは人間の心臓状態が動物の心臓に働きかける感情移入です。すると動物の心臓状態がまた人間に還つて来ます。これは松木氏などの動物学では決して扱はないところの心理界の領分です。嗤《わら》ひたかつたら、何時でもお嗤ひなさい。松木氏は、いつか、僕の「鳥は白い」という詩をみてひどく怒られたさうですが、白いものは何処まで行つたつて白いです。それあ、人間の肉眼に鳥がまつくろな動物として映ることなら、僕は二歳の時から知つてゐます。しかし、人間は何時まで二歳の心でゐるもんぢやない。ゐるのは動物学者だけだ。それから、人間の肉眼といふものは、宇宙の中に数かぎりなく在るいろんな眼のうちの、僅か一つの眼にすぎないぢやないか。

ああ、僕は、何となく、出掛けてつて松木氏を殴りたくなつてしまつた。殴つてやりたいな。ポカリとひとつ。そしたら、あの動物学者の眼の角度も、すこしは正しい方に向くかも知れない。そしたら松木氏も「識閾下動物心理学」などといふ気の利いた動物学をやり始めるかも知れないんだ。

そしたら氏も、僕の烏の詩を怒つたり、おたまじやくしの人工品を届けてよこすなど、よけいなおせつかいをしなくなるであらう。出掛けてつて殴りつけて来たいな。鮮かなやつを一つ。拳固といふものは、クツキリと一個だけ見舞ふのがもつとも効果的だ。そんなやつなら、一個で全然意志が通じるであらう。僕は生れて以来、そんな拳固を一度も経験したことがない。僕の拳固は、いつも僕の心の中に在つて、他人の頭上に発したことがないのだ。僕の拳固はいつも観念的な拳固であつた。今日は丁度いい機会だから、動物学者を殴りに行くことにしよう。わけはない。階段を十一降りて階下の空家を通過する。二十七分の道のりを歩く。するともう僕のからだは動物学者の家庭に着いてゐるわけだ。痛烈に一個を見舞ふ。すると動物学者はたちまち僕に啓蒙され、「識閾下動物心理学」の立場を悟るといふ次第だ。すると、地球には、曾つてなかつたすばらしい動物の世界が展開する。象が二重人格で苦んでゐる。一対で日本に渡つて来つつある南洋産のあひるが航海中フラウを失つて寂蓼を感じてゐる。隣りのブルドツクを垣間みた球鶏は、ああ、私の中には、どんな祖先の血が流れてゐるのでせうと呟く。こほろぎは脳疲労にかかつてしきりに頭を振りました。処方箋は苦味《くみ》丁幾《チンキ》茶匙二杯・臭剝《しゅうポツ》おなじく一杯・重炭酸ソオダ・水。すると蜻蛉の方では、此頃ふさぎの虫も治つて、喜劇をどつさり書いてゐるといふ。——僕はどうしても松木氏を殴りに出掛けなければならない。しかし……僕は、やはり、松木夫人のことが不安だ。夫人は年中僕の服装のことを気にする。曾つて僕が、ズボンを少しばかり破いて訪問した時、夫人は僕のズボンが一メエトル半破れてゐると信じてしまつた。僕の身長はメエトルに換算して一メエトル七ほどであらう。松木氏はメエトルに換算して一メエトル六くらゐであるにも拘らず、松木夫人は僕から破れたズボンを取上げ、代りに松木氏の冬のズボンを与へて僕を住ゐに帰した。何といふ体裁であらう。二十七分の道のりを、僕は、夏の上着に冬のズボン、靴とズボンの間は〇・一五メエトルも隙《す》いてゐた。不幸な道中であつた。僕は道のりを二十分以内に歩いて、僕の住ゐに逃げ込んだ。のみならず夫人はその後よほど長い間僕のズボンを還してよこさなかつた。その幾十日間に、僕は二度外出しなければならなかつたが、二度とも僕は昼間の外出を夜にのばしてしまつた。そして夏ズボンの修繕が出来たのは晩秋のことであつた。

それから松木夫人は、僕が秋の浴衣を着てゐたとき、何て古縄に似たものを着てるの虚礼にもほどがあるといつて、代りに動物学者のどてらを出してくれた。しかし僕は虚礼で秋の浴衣を着てゐるのではなかつた。動物学者のどてらは横幅が非常にたつぷりしてゐた。そして僕の浴衣は翌年の夏になつて僕の許に還つたのである。とても清潔になつて届いた。しかし、こんなかみしもに似た衣服が僕に何を考へさせるといふのだ。僕はただ衣服に逃げられてゐるやうで、頭の動きは完全に止つてしまつた。これは夏の上衣に冬ズボン以上の不幸だ。

松木夫人と僕との関係は以上の通りで、いつもうまく行かないのだ。夫人の嗜好と僕の嗜好とは常に喰ひちがつてゐる。夫人と僕とは、地上の約束に於て姉弟であるにも拘らず、動物学者の夫人は僕にとつて全く奇蹟のやうな姉であつた。

動物学者を殴りに行くことは僕の運動不足の救ひになるし、新らしい動物心理界の開拓にも値ひするであらう。それから、僕は、もう一つ思ふのだ。松木氏の頭を一つ痛烈にやつたはづみに、僕は、小野町子のことを忘れるかも知れない。すると、僕の心臓は、スッキリと、涼しくなるんだ。しかし、いま、何となく僕を引きとめるものがある。これはいつたい何だらう。この雲みたいな心のかけらは。

ああ、松木氏は、やはり、恐るべき人間だ。考へれば考へるだけ、あいつは動物学者ではなくて心理透視者だ。何といふことなんだこれは、おたまじやくしの一夜以来僕が女の子に恋をしてゐることをあいつはすつかり知つてゐるんだ。でなかつたら「一罏のおたまじやくしは一個の心臓にいかなる変化を」といふ書物など書くものか。おお、松木氏、その通りです。僕はあの日以来女の子に恋をしてゐます。しかし、恋とは、一本の大きい昆虫針です。針は僕をたたみに張つつけてしまひました。僕の部屋はまるで標本箱です。箱の中で、僕は考へてゐるんです。あの夜の誰かに失恋をして溜息ばかり吐いてゐた小野町子は、もう失恋から治つたであらうか。それとも……

しかし僕はもうよほど疲れたから、その続きを考へることを止さう。考へ続けてゐると、だんだん、女の子が失恋から治つてゐない気がして来て、おれは悲しくもなるんだ。

地上には、略以上のやうな事物があつた。そこで後にのこつてゐるのは地下の問題だけだ。この問題については、僕は出来るだけ愉しい考察を得たいと思つてゐる。何故なら、何処かの医者も遍歴ノオトとかいふ帳面の中で言つたといふぢやないか「心愉しくして苦がき詩を求め、心苦がければ愉しき夢を追ふ」

僕はこの帳面の言葉に賛成なんだ。これは一種のあまのじやく心理で、難かしい言葉で言へば、求反性分裂心理など称して、しまひには心理病院に入院しなければならない心理状態だといふことだが、かまふものか、もしその医者が来て、僕に入院を強請したら、僕は何処かの地下室に逃げてやらう。もし捕まつた時は言つてやらう、「心理医者くらゐ勝手なやつはありません。君達が勝手にいろんな心理病を創造するから、それにつれてそんな病人が出来てしまふんです。僕等を入院させる前に、まづ君達心理医者が一人残らず入院したら好いでせう」

ともかく僕は「心苦がければ愉しき夢を追ふ」といふ境地には賛成してしまつた。僕は小野町子に恋をしてゐる。小野町子は別の誰かに失恋をしてゐる。まるでこみ入つた苦がい状態じやないか。そこで僕は、心理医者の法則にすこしだけ追加を行ひたいと思ふのだ「地上苦がければ地下に愉しき夢を追ふ」

そこで地下とは何であらう。

地下電車——生ぬるい空気の中を電車が走つてゐるだけで、一向徹底しない乗物だといふことだ。こんなものに漫然と乗るのは松木夫妻等にすぎないであらう。

地下水——暗いところを黙つて流れてゐる水だといふ。何となくおれの恋愛境地に似てゐて、おれは悲しくなる。

地下室——おお、僕は、心の中で、すばらしい地下室を一つ求めてゐる。うんと爽かな音の扉を持つた一室。僕は、地上のすべてを忘れて其処へ降りて行く。むかしアントン・チエホフといふ医者は、何処かの国の黄昏期に住んでゐて、しかし、何時も微笑してゐたさうだ。僕の地下室の扉は、その医者の表情に似てゐてほしい。地下室アントン。僕は出かけることにしよう。動物学者を殴りに行くよりも僕は遙かに幸福だ。

（動物学者松木氏用、当用日記より）

余は此頃豚の鼻に就いて研究してゐる。余の手法は隅から隅まで実証的である。豚の鼻尖《はなさき》と一切のパンの間にスピリットが交流してゐるなどと考へたことはない。それは、スピリット詩人土田九作輩の高貴な仕事であつて余等に拘はりはないのである。手のつけられぬ寝言め。

さて余等の研究に要する資料は、

1　頑丈なる樹木一本（ガツチリと地上に根を張りたる生きた樹木である。いくら豚に引張られても、木の葉一枚揺がすことのない樹木）

2　麻縄一本

3　豚一匹

4　一片のパン

5　ものさし　聴心器　はかり

余は先づ豚の右後脚と樹木を麻縄で以つて直線につなぐ。繋がれた動物は非常に懶《ものう》い態度で苦悩し、樹木と正反対の方向を指して歩み去らうとする。豚の去らうとする方向には、丘一個、その上に四本の杉の行列、杉のさきは雲などがある。この時余は聴心器で豚の心臓状態を聴く。余の動物は向ふの丘に一方ならぬ郷愁を感じ、且つ繋がれた後脚は非常に自由を欲してゐるのである。

しかし、余はまだ豚を自由にしてやることが出来ない。すると豚は樹木を中心に渦状を描きつゝ後退をはじめる。地上に休む。この時余の動物の心臓状態は案外平静である。豚は後退を悲しまない動物だ。惟《おも》ふに猪は豚の進化したものであるといふ進化説は、浪漫科学者の錯感であつて、豚は猪の後退したものであると見る方がより実証的であらう。

ところで、余は、地上に休んでゐる豚の鼻先一センチメートルの地点、草の上に一片のパンを装置する。故に草は青くパンは白い。豚の鼻は色あせたロオズ色。その鼻が、白いパンに向つて一直線に伸びて来る——正確に一センチメエトルだけ。用意のものさしは此処に於て非常に有意義である。土田九作は彼の黄いろつぽい思想から、聴心器、ものさし、はかり等の品々を非常に嫌悪してゐる様子であるが、余等実証派はものさし無くして動物学を為し得ないのである。

さて余は、パンの位置を換へる。豚の鼻から再び一センチメエトル。鼻は伸びて来る——再び正確に一センチメエトルだけ。

豚の鼻とは、右の性質を備へた物質である。

続いて余等ははかりを使つたり、再び聴心器を当てたりして、漸次この研究を完成しつゝある。

さて余は、当用日記のペエヂに論文の一部のやうなものを書いてしまつた。これは土田九作が詩を作る時に起しさうな錯誤である。動物の鼻の研究で、余の頭もよほど疲れてゐるやうだ。頭を二つ三つ振つて見よう。

これからが今日の日記の部分である。

それにしても、今夜は、何処となく非実証的な夜だ。こんな夜は土田九作が頻りに詩を作つてゐるに違ひない、困つたものだ。しかし余は、九作が、おたまじやくしの詩を完成することだけは望んでゐる。余は曾つて一罎のおたまじやくしを土田九作の住ゐに向つて届けた。使者はおばあさんの家の孫娘。目的は、九作に一篇でも、実物に即した詩を書かせるためだ。余は願つてゐる。九作はあれ以来余の家庭にちつとも顔を見せないが、今夜あたり、ふとしたら、すばらしい実証詩が完成するかも知れない。

しかし、今夜はどうも変な夜だ。頻りに九作の住ゐの方が気になる。余は思ひ切つて出掛けてみることにしよう。

漸く土田九作の住ゐに着いた。階下は真暗な空家である。妻の話によれば、九作はこの建物の二階だけを独立して借り受けてゐるといふことだ。階下の住者は絶えず変つたり、絶えず空家になるといふ。余は今その原因をゆつくり考へてゐる暇がない。

これはおお、何と悲しさうに啜り泣く階段だ。余は曾つて、こんな階段を踏んだことがない。部屋には灯がついてゐて、幾らか階段にも洩れてゐる。

漸く部屋に着いた。土田九作は不在である。どうも、非常に暗くて不健康な灯だ。余まで何となく神経病に憑かれてしまひさうだ。電気スタンドの笠を取つてしまはう。

机の上に詩の帳面が出しつぱなしにしてある。余は最近の九作の詩境をしらべて見なければならないであらう。

　これはおお、何といふことだ。土田九作は、余の学説をことごとく否定してゐる。何といふ世紀末だこれは。実物のおたまじやくしを見てゐては、おたまじやくしの詩が書けないと書いてゐる。観念の虫め。女の子に恋をしてしまつて、恋をしたから接吻が出来ないと書いてゐる。何といふ植物だ。余を殴りに来ると書いてゐる。噫《ああ》、余に、こんな思想をどう済度《さいど》しろといふのだ。よろしい、土田九作は、丁度今頃余の家庭に着いて、余を探してゐる頃だ。余はこれから引返して行つて、妄想詩人をいやといふ程殴りつけてやる。彼の拳固が勝つたら、よろしい、余は九作の予言どほり動物の異常心理研究者になり果てよう。余の拳固が勝つたら、蒼いスピリツト詩人は、一撃のもとに実証派に転向だ。これは異常な決闘になりさうだ。

　しかし、余は最後まで読んでみることにしよう。この帳面は莫迦らしさに於て魅力がある。おお、何といふ軌道のない人種だ。おしまひには地下哲学が出て来て、拳固よりも地下室に逃避した方が幸福だと呟いてゐる。地下室アントン。何となく愉快さうな所だ。余もだんだん地下室に惹きつけられてしまつた。出かけて見よう。

（地下室にて）

この室内の一夜には、別に難かしい会話の作法や恋愛心理の法則などはなかつた。何故といへば、人々のすでに解つて居られるとほり、此処は一人の詩人の心によつて築かれた部屋である。私たちは、私《ひそ》かに信じてゐる――心は限りなく広い。それ故、私たちは、この部屋の広さ、壁の色などを一々限りたくはないのである。部屋は程よい広さで、壁は静かな色であつた。

この室内に松木氏が着いたとき、心理学徒の幸田当八氏は、丁度長い遍歴の旅から帰つて来たかたちで椅子に掛けてゐた。氏の旅は戯曲全集をたくさん携へたところの研究旅行で、氏は行く先き先きの人間に戯曲を朗読させては帰つて来たのである。多分人間の音声や発音の中には、氏等一派の心理学に示唆を与へるものが潜んでゐるのであらう。

松木氏も椅子の一つに掛けて、

「好い晩ですな。心理研究の旅は如何でした。いろいろ、風の変つたのがゐますか」

幸田氏は携へて帰つたノオトを置いて、

「好い晩です。たいへん愉快な旅でした。僕の遍歴ノオトは非常に豊富です。御研究の方は調子よく行つてゐますか」

「非常に澱みなく。動物学の前途には涯しない未墾地がつづいてゐます。余は豚の鼻を調べてゐます」

「僕等の方もなかなか多忙らしい。心理病とは、殖える一方のものです。僕のノオトは足りないくらゐでした。豚の鼻はどんな作用を持つてゐますか」

「伸びます。非常に伸びます。此処に土田九作が来たことになつてゐるんですが、まだ着きませんか」

「誰も来ません。豚の鼻はどれくらゐ伸びますか」

「まづ一センチ。九作は僕よりさきに彼の住ゐを出たことになつてゐますが」

「途中で道でも迷つてゐるんでせう。それから」

「それから一センチです。続いて一センチ。土田九作は道に迷ふことは、じつに――」

丁度この時地下室の扉がキユーンと開いて、それは非常に軽く、爽かに響く音であつた。これは土田九作の心もまた爽かなしるしであつた。何故ならば此処はもう地下室アントンの領分である。

土田九作は、踏幅のひろい階段を、一つ一つ、ゆつくりと踏んで降りた。数は十一段であつた。人間とは、自ら非常に哀れな時と、空白なまで心の爽かな時に階段の数を知つてゐる。

土田九作はもう一つあつた椅子に掛けて、

「今晩は。僕は、途中、風に吹かれて来ました。あなたですか、小野町子が失恋をしてゐるのは」

幸田氏は答へた。（松木氏は、椅子の背に氏自身の背を靠《もた》せかけて、恋愛会話に加はらなかつた。代りに煙草を吸ひはじめてゐた。けむりは氏の顔から二尺ばかりをまつすぐに立ちのぼり、それから幸田当八氏の背中の上に流れた。地下室の温度は涼しい）幸田氏は、

「すばらしい晩です。どうでした外の風に吹かれた気もちは。さうです、多分、小野町子が失恋をしてゐるのは僕です」

「僕は、外の風に吹かれて、とても愉快です。いま、僕は、殆んど女の子のことを忘れてゐるくらゐです。心臓が背のびしてゐます。久しぶりに菱形になつたやうだ。幸田氏、それでどうなんです、僕たち三人の形は」

「トライアングルですな。三人のうち、どの二人も組になつてゐないトライアングル。土田九作、君は今夜住ゐに帰つて、ふたたび詩人になれると思はないか」

「さつきから思つてゐる。心理医者と一夜を送ると、やはり、僕の心臓はほぐれてしまつた」

「さうとは限らないね。此処は地下室アントン。その爽やかな一夜なんだ」

あとがき――復刊に寄せて

『尾崎翠の感覚世界』は、私の本の中で唯一の評論です。書いてからちょうど四半世紀が過ぎました。執筆の動機は、だれかに頼まれたわけでも勧められたわけでもありません。尾崎翠という希有な作家の作品に、偶然出会ったという悦びを、自分の筆で他の人に伝えたい、という衝動を抑えることができなかったのです。自然発生的に生まれた作品ともいえます。

ためらいも沢山ありました。本音は尾崎翠の作品を自分だけのものとして、たとえば小さな宝石箱にしまいこんでおきたかったのです。でも私の本質はやはり〝作家〟でした。自作にしろ、他の人の作品にしろ、良いものは独占せず、広めることも仕事の一部です。緑色の原石を透明な翠玉に変身させた、という誇りが私を支えてくれました。

今回の復刊を企画し、実現させてくださった萬書房の神谷万喜子さん、ありがとうございました。

二〇一五年六月

加藤幸子

加藤幸子（かとう　ゆきこ）

一九三六年札幌生まれ。四一年両親とともに北京に渡り、四七年引揚船に乗り帰国。北海道大学農学部卒業。農林省農業技術研究所に勤める傍ら、「三田文学」に作品を発表。七二〜八九年自然観察会代表。

八二年「野餓鬼のいた村」で第一四回新潮新人賞、八三年「夢の壁」で第八八回芥川賞、九一年『尾崎翠の感覚世界』で芸術選奨文部大臣賞、二〇〇二年『長江』で毎日芸術賞を受賞。〇八年から財団法人北海道文学館顧問。日本野鳥の会会員。

尾崎翠の感覚世界

《附》尾崎翠作品「第七官界彷徨」他二篇

二〇一五年八月一〇日初版第一刷発行

著　者　加藤幸子
装　幀　西田優子

発行者　神谷万喜子
発行所　合同会社　萬書房
〒二二二－〇〇一一　神奈川県横浜市港北区菊名二丁目二四－一二－一〇五
電話　〇四五－四三一－四四二三　ＦＡＸ　〇四五－六三三－四二五二
yorozushobo@tbb.t-com.ne.jp　http://yorozushobo.p2.weblife.me/
郵便振替　〇〇二三〇－三－五二〇二二
印刷製本　モリモト印刷株式会社
ISBN978-4-907961-06-0　C0095

紀見峠を越えて

岡潔の時代の数学の回想

高瀬正仁著

多変数関数論を創造し、リーマンに並び立つ世界的な数学者、岡潔。一五歳で出会って以来、岡潔の人生と学問を追いつづけてきた著者による渾身のオマージュ。著者をして「魂をもって書いた作品である」といわしめた、高瀬数学史の原点ともいえる書。岡潔の数学の入門書でもある。

本体価格二三〇〇円